Ee: 64:

ex dono authoris

K. + 227.
+A.

14480

L'ESPION

DU
GRAND-SEIGNEUR

ET

SES RELATIONS SECRETES

ENVOYE'ES

AU DIVAN

DE CONSTANTINOPLE,

DE'COUVERTES A PARIS
PENDANT LE REGNE

DE LOUIS LE GRAND.

Traduites de l'Arabe en Italien
Par le Sieur JEAN-PAUL MARANA,

Et de l'Italien en François.

Ces Relations contiennent les Evenemens les plus
conſiderables de la Chreſtienté & de France,
depuis l'année 1638. juſques en l'année 1682.

TOME PREMIER.

A PARIS,

Chez CLAUDE BARBIN, au Palais
ſur le ſecond Perron de la ſainte Chapelle.

M. DC. LXXXVI.

A LOUIS
LE GRAND.

IRE,

Il est bien juste que
les choses extraordi-
naires se découvrent

EPISTRE.

dans un Regne aussi extraordinaire que celuy de *VOSTRE MAJESTE'*, & que celuy que la Fortune a choisi pour les trouver, luy en fasse une offrande.

MAHMUT *Arabe de Nation* s'est caché dans Paris pendant quarante-cinq années, où il servoit d'Espion à

EPISTRE

l'Empereur des Turcs, il s'est gouverné de sorte qu'on n'a jamais descouvert qu'il y eut vescu, & il y est mort dans un âge fort avancé.

Il a laissè beaucoup de Memoires écrits en Langue Arabe, qui contiennent ce qu'il a pû remarquer de plus considerable parmy les Chrestiens, &

EPISTRE.

particulierement pendant le Regne de VOSTRE MAJESTE', dont il informoit les Ministres de la Porte à qui il donnoit des conseils, & des avis. Ce qu'il a écrit pourroit paſſer pour des Annales de la Chrêtienté, ſi le fils n'en eſtoit ſouvent interrompu, parce que

EPISTRE

ſes Lettres eſtoient adreſſées à pluſieurs perſonnes differen-tes.

J'ay commencé, SIRE, à traduire en ma langue naturelle les Relations de cet Arabe qui me ſont tombées entre les mains, & je prens la liberté d'en preſenter à V. M. la premiere Partie.

EPISTRE

J'ose esperer que VOSTRE MA-JESTÉ se pourra divertir quelques momens à la lecture de cet Ouvrage, si elle en peut derober quelques-uns au soin des affaires de son Estat, d'où dépendent toutes celles de la Terre.

Il me restera encore beaucoup à faire, SIRE, pour achever

la traduction de tant
de Lettres ; mais fi
V. M. agrée mon tra-
vail que ne feray-je
pas heureusement?

Je suplie tres-hum-
blement V. M. de
recevoir ce que j'ose
luy offrir comme un
tribut, non pas com-
me un present, & de
le recevoir avec cette
bonté qui la fait au-
tant aimer, comme sa

Puissance & ses Con-
questes la font crain-
dre.

La maniere que je
traiteray dans les au-
tres Volumes sera plus
grave, plus ample,
& en quelque façon
plus digne de l'atten-
tion de VOSTRE
MAJESTE. Et sans
blesser la modestie qu'
ELLE fait paroitre
en toutes choses mal-

gré l'elevation qui la
met au deſſus de Tout.
V. M. y verra l'Hiſ-
toire de ſa vie, & de
ſes Triomphes ; dont
l'Arabe qui a fait ſes
Relations, comme En-
nemy, n'a pû parler en
Flateur.

Ce MAHMUT
a ſceu ſi bien vivre,
& a parlé ſi juſte-
ment des Rois, des
Royaume, & des

autres Estats, qu'il n'a
jamais rien avancé
que de veritable, &
ayant rendu justice à
tous ceux dont il a
parlé, il a esleué
V. M. au dessus de
tous les autres.

Je ne dis point à
V. M. de quelle Na-
tion je suis, ni quelle
est ma condition, par-
ce que les Hommes
qui ont peu de fortune

ne sont d'aucun Païs.

Mais si V. M. aprend que je suis né à Gennes, je la suplie de me vouloir honorer de sa Royale Protection, telle que la peut esperer un Homme, qui en laissant sa Patrie, s'est entierement devoüé au service de VOSTRE MAJESTE', aux pieds de laquelle je

EPISTRE.

*me jette pour l'assu-
rer que je suis avec le
plus profond respect,*

De V. Sacrée Majesté.

Le tres-humble, tres-obeïssant,
& tres-fidele Serviteur, &
Sujet,
JEAN-PAUL MARANA.

À Paris le premier jour de Janvier
de l'An 1684.

AVERTISSEMENT.

JE n'ay point cherché les loüanges du Public dans ces Traductions, quoy qu'il me fût avantageux de le meriter, & que je le souhaitasse extrémement.

Je n'ay songé qu'à travailler à un Ouvrage qui contient principalement l'Histoire de LOUIS LE GRAND, d'une maniere qui ne peut estre

suspecte ; & le Ciel tout
seul m'ayant fourny cette
occasion , j'ay plus écoûté
mon zele & mon inclina-
tion , que je n'ay consulté
la foiblesse de mon genie.

TABLE

** ij

** iij

Fin de la Table des Letres, & des Matieres.

AU LECTEUR.

E vous donne un Livre, que la qualité de l'Autheur, & la matiere qu'il traite rendent confiderable, & qui l'est encore par la maniere dont il a esté trouvé.

Il ne faut pas douter que vous n'ayez la curiosité de sçavoir où il a esté composé, & de quelle façon il est venu à la connoissance de celuy qui vous le donne;

I. Partie. ã

PREFACE.

Vous voudrez peut-eſtre auſſi ſçavoir de quelle Religion eſt l'Autheur, s'il eſt encore vivant, ſi cét Ouvrage a eſté fait par l'ordre de quelqu'un, & ſi la haine ou l'eſpoir des recompenſes, ou quelque paſſion y ont eu part.

Je vais faire ce que je pourray pour vous ſatisfaire; mais d'une maniere Laconique, cependant liſez & jugez comme il vous plaira.

La curioſité ſeule de voir une Ville que ſa vaſte grandeur a fait appeller *un Monde*, fit prendre la reſolution à un homme de Lettres de quiter l'Italie, & ſa maiſon ſur la fin de l'année 1682. Cét Etranger eſtant arrivé à Paris, & y ayant vû ce que les Grecs avec leur Science, & les Romains avec leur Puiſſance n'avoient pû faire,

PREFACE.

fut aifément tenté de paffer l'Hi-
ver dans une Ville où les nuits
font fans tenebres par la grande
quantité de lumieres dont elle eft
éclairée.

Le grand nombre d'excellens
Capitaines, de gens de Lettres,
& de Dames auffi illuftres par leur
efprit que par leur beauté qu'on
voit en cette Ville, n'ont pas efté
de foibles charmes pour l'y retenir; mais enfin un Roy incom-
parablement au deffus de tout
cela, a efté la veritable caufe qui
l'a empefché de retourner fi-toft
en fon Païs.

Il n'y avoit pas encore deux
mois qu'il y eftoit arrivé lors qu'il
changea de logement, & il dé-
couvrit par le feul hazard, ce que
le temps ne luy auroit jamais pû
faire trouver. Il rencontra dans

ã ij

PREFACE.

un coin de fa Chambre un gros
amas de papiers, qui paroiſſoient
plus gâtez par la pouſſiere, que
par le temps. Il fut d'abord ſurpris de n'y voir que des caracteres barbares , & il eſtoit ſur le
point de les laiſſer là ſans chercher rien davantage, s'il n'euſt
eſté retenu par une Sentence Latine qu'il aperceut au commencement d'une feüille,

*Vbi amatur, non laboratur, & ſi
laboratur, labor amatur.*

L'étonnement de l'Italien fut
encore plus grand, quand il connut aprés avoir conſideré ces
caracteres avec attention, qu'ils
eſtoient Arabes , dont la Langue ne luy eſtoit pas tout-à-fait
inconnuë ; ce qui fit qu'il dé-

PREFACE.

couvrit bien toſt dans ces Ecrits
qu'on y traitoit d'affaires d'Eſtat,
qu'il y avoit des Relations de
Paix & de Guerre, qu'on y liſoit
preſque toute l'Hiſtoire du Cardinal Jule Mazarin, qu'on y parloit des derniers mouvemens de
la France , & des actions les
plus conſiderables de LOUIS
LE GRAND ; & enfin des Affaires
des Chreſtiens, juſques en l'année
1682.

Le curieux Italien n'eut pas
une mediocre impatience de
ſçavoir, comment , & en quel
lieu avoient eſté faits ces Memoires , & par quelle avanture
ils ſe trouvoient dans le coin
de ſa chambre ainſi negligez.
Mais il luy parut à propos, devant que de s'informer d'aucune
choſe, de tranſporter les Manuſ-

crits dans une autre Maifon, où il les crût en plus grande feureté.

Il queftionna aprés fon Hofte avec beaucoup de precaution fur ces Papiers, & il en apprit de luy jufques aux moindres circonftances, & mefme celles qu'il avoit plus d'envie de luy cacher.

Cét Hofte luy raconta qu'un Eftranger, qui fe difoit natif de Moldavie, vêtu en Ecclefiaftique, fort appliqué à l'Eftude, de petite taille, laid de vifage, mais d'une bonté de vie furprenante, avoit demeuré long-temps chez-luy, qu'il y eftoit venu loger dés l'année 1664. & qu'il y avoit demeuré environ 18. ans, qu'eftant un jour forti, il n'eftoit plus revenu, & qu'on n'en avoit eu depuis

PREFACE.

aucune nouvelle certaine, qu'il pouvoit avoir 70. ans, qu'il avoit laiffé des Manufcrits qu'on n'entendoit point, & quelque argent; ce qui faifoit bien voir que fon depart n'avoit pas efté prémedité.

Il ajoûta qu'il y avoit une lampe allumée nuit & jour dans fa Chambre, qu'il y avoit tres-peu de meubles, quelques Livres feulement, un petit tome de S. Auguftin, Tacite, & l'Alcoran, avec le Portrait de Maffanielle qu'il loüoit beaucoup, & qu'il nommoit *le Moïfe de Naple*. Il dit encore que le plus grand Ami de cét Eftranger, & qu'il voyoit le plus fouvent, eftoit un homme que beaucoup de gens croyoient un Saint, & d'autres un Juif hypocrite, &

ã iiij

PREFACE.

que quelques-uns foupçonnoient d'eftre Turc. Selon le raport de l'Hofte, il eftoit arrivé à Paris l'année 1637. il n'avoit pas alors plus de 28. ans, il avoit d'abord logé dans la Maifon d'un Flaman, il alloit fouvent à la Cour, jamais l'argent ne luy avoit manqué, il avoit des Amis, & il paffoit pour eftre fort fçavant. Quant à fa fin, cét homme dit qu'il croyoit qu'il eftoit mort miferablement, & qu'il y avoit quelque foupçon qu'il avoit efté jetté dans la Riviere.

L'Italien fuffifamment inftruit par ce qu'il avoit entendu, s'appliqua à l'Eftude de la Langue Arabe, & comme il en avoit déja quelque connoiffance, il en apprit bien-toft affez pour traduire ces Manufcrits, ce qu'il en-

PREFACE.

treprit peu de temps aprés , &
il examina avec foin , la verité
des chofes que le Moldave à
écrites, en confrontant les evenemens qu'il raconte avec les
Hiftoires de ces temps - là,
& pour y mieux réüffir , il a
recherché tous les Memoires les
plus approuvez , & il a foüillé
(pour ainfi dire) dans le Cabinet des Princes, & de leurs Miniftres.

On verra plus de cinq cens
Lettres , où font les Relations des
Intrigues les plus confiderables
qu'il y ait eu dans la Cour de France, & des evenemens les plus re-
marquables qui foient arrivez
dans la Chreftienté, qui ont efté
envoyées à divers Officiers de la
Cour Ottomane.

Vous pourrez connoiftre, mon

PREFACE.

cher Lecteur, par la perspicacité de cét Agent des Turcs, qu'elle doit estre celle de ceux qui commandent à cette Nation, qui avoient choisi pour mieux penetrer les Affaires des Chrestiens un homme qui ne donnoit aucun soupçon par son exterieur, qui estoit difforme, mais prudent & avisé, & qui pour le mieux cacher avoient destiné pour sa demeure ordinaire la plus grande Ville de l'Europe & la plus peuplée.

Pendant son sejour qui a esté de 45. ans, il a esté témoin de plusieurs grands changemens : Il a veu la mort de deux grands Ministres qui ont tenu long-temps le Timon du Gouvernement de France ; il a veu ce Royaume en Guerre au dehors, & au dedans, & il a veu faire des Mariages &

PREFACE.

des Traitez de Paix qu'il a veu depuis rompre plus d'une fois. A peine fut-il arrivé à Paris qu'il fut témoin de la naiſſance d'un Roy qui devoit paſſer en grandeur & en gloire tous ceux qui l'avoient precedé, dans le temps qu'une longue ſterilité de la Reine faiſoit deſeſperer au Roy ſon mary d'avoir jamais un fils qui luy ſuccedaſt.

Cinq ans aprés qu'il fut en France, le Cardinal de Richelieu mourut, & l'année ſuivante le Roy LOUYS LE JUSTE. Le Cardinal Mazarin fut peu de jours aprés premier Miniſtre, ſon miniſtere a duré 19. ans, tantoſt mal-heureux, & tantoſt avec toute la fortune qu'il pouvoit deſirer. L'Arabe a veu auſſi la mort de ce Cardinal honorée des larmes du Roy, pen-

PREFACE.

dant qu'elle caufoit de la joye dans les autres Cours ; & il a vû enfin 43. ans du Regne de LOUIS LE GRAND, toûjours Augufte, par tant d'actions memorables qu'il raconte avec celles de fes Capitaines.

Pendant le cours de tant d'années il a vû des Villes fe revolter, & puis fe remettre fous l'obeïffance de leur Souverain. Il a vû des Princes du Sang faire la Guerre à leur Roy ; & la Reine Marie de Medicis femme, mere, & belle-mere des plus puiffants Prince de l'Europe, mourir comme exilée à Cologne.

Cet Etranger fait la defcription des belles Loix dont la France eft ornée en écrivant aux Miniftres du Divan : Il loüe l'exactitude avec laquelle on fait obferver les

PREFACE.

Edits contre les Duels, & l'application du Prince à détruire la Religion Proteſtante. Il dit que les Arts Liberaux & Mecaniques floriſſent tellement à Paris, qu'il font l'ornement de toute la Chrétienté. Il parle fort des Finances qui ſont montées à des ſommes immenſes. Il s'étonne que ce grand Corps du Parlement ait pû eſtre humilié. Il s'étend ſur les actions illuſtres, ſur le genie, & les grandes qualitez de Loüis de Bourbon Prince de Condé , & il en donne le portrait aux Turcs, comme celuy d'un parfait Capitaine, & digne, dit-il, d'eſtre le ſeul General des Armées du grand Seigneur.

Il marque la difficulté qu'il y aura de faire une jonction utile des deux Mers. Il parle des Im-

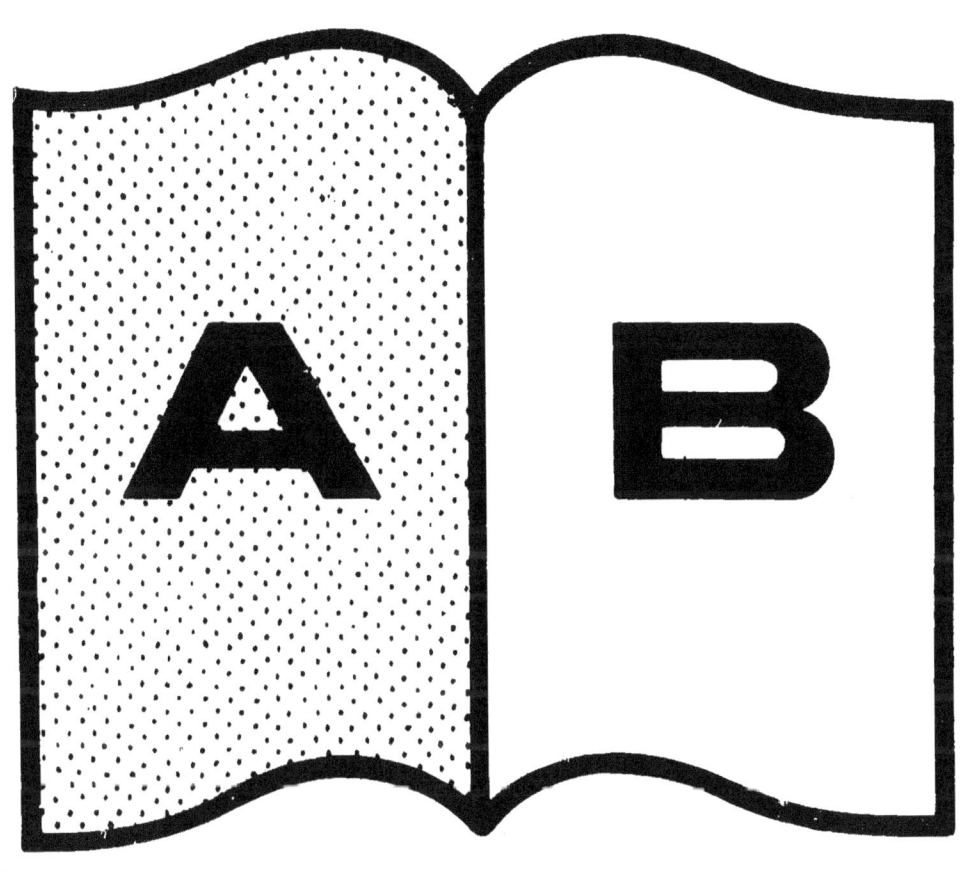

Contraste insuffisant

NF Z 43-120-14

PREFACE.

poſts qui ſe levent ſur les Peuples, de la Police du Royaume, & de la diſcipline militaire : Il n'oublie pas les grandes actions qu'ont fait les Armées Navales, & il dit que la Mer Mediterranée eſt comme ſubjuguée, & donnée en garde aux Galeres de ce puiſſant Eſtat. Il parle de la funeſte mort du Duc de Beaufort arrivée en Candie, & de ce qu'y firent les Troupes de France contre les Turcs, ſous le commandement du Mareſchal Duc de Navailles. Il parle auſſi de la furieuſe canonade qu'y fit le Mareſchal Duc de Vivonne General des Galeres, qui fit perir tant de Turcs.

Il s'explique differemment ſur chacun des Princes Chreſtiens, dont il donne ſon ſentiment avec liberté. Il dit que l'Empereur

PREFACE.

commande à des Princes, le Roy
d'Espagne à des hommes; & que le
Roy de France voit les hommes &
mesme les Rois obeïr à ses ordres.
Il ajoûte que le premier commande & prie, que l'autre voit faire
souvent plus qu'il n'a commandé;
& que le Roy Tres-Chrestien
commandant à beaucoup de braves Soldats, il est presque obeï par
des Rois. Il ne paroist point de
haine dans ce qu'il écrit sur le
sujet du Pape. En discourant de
l'Empereur & du Roy d'Espagne
il dit, qu'ayant l'un & l'autre des
Estats d'une vaste étenduë, ils se
soucient peu des pertes qu'ils
peuvent faire.

Il croit que l'Angleterre est plus
puissante que l'Empire & l'Espagne, mais seulement sur la Mer.
Il apprehendoit plus les Conseils

PREFACE.

de la Republique de Venife que
fes armes. Il éleve fort ce qui
s'eft paffé dans la Guerre de
Candie, que les Venitiens ont foû-
tenuë avec tant de courage contre
les forces de l'Empire Ottoman.
Les Genois felon luy font de par-
faits Chymiftes. Il parle de la
derniere pefte, & de la derniere
guerre dont cette Republique a
efté affligée, il touche quelque
chofe des dernieres Confpirations
qui ont efté faites contre cét Eftat
par deux Nobles, Raggi & Torre,
& pour faire paroiftre qu'il fçavoit
l'Hiftoire, il dit auffi quelque chofe de Vachero & Balbi.

Vous verrez, mon cher Lecteur,
par la fuite de l'ouvrage ce que cet
Envoyé fecret de la Porte Ottomane penfoit des autres Princes
d'Italie, & de ceux du Nort; & je
vous

PREFACE.

vous ay fait son portrait, parce
que j'ay crû qu'en le connoissant
vous entendriez mieux ce que je
vous donne de luy.

Cet Arabe, car il declare dans
ces Ecrits qu'il est de cette Nation, ayant esté fait Esclave par
les Chrestiens, fut mené en Sicile,
où il s'appliqua à l'étude des
Lettres humaines. Il étudia dans
sa Captivité la Logique, & il s'at-
tacha avec grand soin à l'Histoire; il en vint à bout en souffrant
patiemment les coups de son
Maître, qui le battoit souvent,
parce qu'il travailloit à acquerir
des lumieres que ce brutal n'avoit
point; & enfin aprés beaucoup de
travail, une grande assiduité à l'é-
tude, & de longues veilles, il par-
vint, comme il écrit luy-mesme,
à entendre les Autheurs Grecs &

ẽ

PREFACE.

Latins , il eut enfuite commerce
avec les meilleurs Maiftres , & il
joignit pendant fon fejour dans
cette Cour fi fameufe , l'experience au fçavoir qu'il avoit acquis.

Il s'explique nettement , & il
parle de tout avec beaucoup de
franchife. Son ftile fait remarquer une grande liberté d'efprit,
& jamais de paffion , & s'il paroift
qu'il s'accommodoit aux manieres des Cours , on voit que c'eftoit
moins à deffein de plaire , que parce qu'il croyoit fagement qu'il
falloit quelquefois fe conformer
au genie des Nations.

Vous trouverez dans fes Lettres
de l'érudition avec beaucoup d'efprit , s'il y mefle quelques traits
piquants , c'eft plûtoft pour montrer de la vivacité , qu'à deffein

PREFACE.

de defobliger , & il paroift par tout fort inftruit de l'Hiftoire ancienne & moderne. Il eft fort refervé quand il blâme , & il paroift perfuadé quand il loüe. Lors qu'il parle aux Grands de la Porte , fon ftile eft fort grave , & il en change quand il écrit a de moindres Officiers. Il ne veut jamais eftre Autheur des Nouvelles pour n'en eftre pas garant , & il ne fonge point à deviner les chofes, quand elles luy paroiffent obfcures.

Il donne de beaux enfeignemens en racontant les revolutions de Catalogne, des Royaumes de Naples , de Portugal , & d'Angleterre, arrivées de nos jours, avec des circonftances eftranges , des meurtres terribles, & la mort d'un Roy fur un échaffaut.

PREFACE.

Il peze fort la resolution hardie que prit le Duc de Guise d'aller à Naples au secours des Revoltez, & il raisonne ensuite, non pas en barbare, mais en habile Politique & en sage Philosophe, sur les causes des soulevemens & des renversemens des Estats. Il discourt toûjours avec assez de liberté, & ses discours sont remplis de pensées solides & agreables, il parle quelquefois sur la tyrannie & la cruauté des Turcs, sur la violence des Ministres de la Porte, & sur la mort precipitée qu'on fait souffrir à beaucoup de Sultans, de Bachas & de Visirs, mais il ne tient ce langage qu'à des amis fideles & bien assurez.

Quoy que ces Lettres ne soient ni Grecques ni Latines, ni écrites par un Chrestien, elles n'ont

PREFACE.

rien de barbare, & quoy que parmi les Turcs les ignorans soient en grand nombre, il y a toûjours des gens doctes & de bon sens qui écrivent les Annales de l'Empire Ottoman, & les actions de leurs Empereurs. Deux Autheurs Turcs nous ont donné dans ces derniers temps les Memoires de ce qui s'eft passé dans la Monarchie Ottomane depuis l'année 1026. de l'Egire des Mahometans, jufques à la derniere guerre de Candie. Ils racontent les chofes fans digreffion & d'un ftile fimple & grave, & comme ces deux Ecrivains ont toûjours fuivi les Armées, & qu'ils entroient au Divan, il paroît qu'ils eftoient bien informez; ils parlent de leurs pertes & de leurs victoires fans paffion, & avec une franchife qui va jufques à dire libre-

PREFACE.

ment les effets de la cruauté & de l'ignorance de leurs Sultans. Mais comme leurs Livres ne s'impriment pas, le Public n'en a point de connoissance, & ils ne viennent presque jamais jusqu'à nous.

Je puis cependant asseurer le Lecteur, que l'on conserve avec grand soin dans le Cabinet d'une Personne de condition & de merite qui a esté long-temps Ambassadeur du Roy Tres-Chrestien à la Porte Ottomane, les Annales de l'Empire Turc dans leur entier, & que ceux qui les liront, auront sujet de loüer l'éloquence des Muzulmans. J'ay lû ces Annales avec non moins d'attention que de curiosité, & l'on peut croire que parmy ceux de cette Nation que nous appellons *Barbare*, il y a de grands & de sages Capitaines, des

PREFACE.

gens de bien , & de sçavans Autheurs , comme nous avons quelquefois parmy nous des Generaux
sans courage , de faux devots , &
des ignorans qui font profession
d'enseigner.

Pour justifier ce que je dis des
Turcs , on n'a qu'à considerer leurs
Victoires , qui ont accru leur Empire de tant de Royaumes , leur
puissance sur la Mer , leur exactitude à punir les crimes , & à rendre
la Justice. Et quant à l'Imprimerie qu'ils n'ont jamais voulu recevoir parmy eux , je rapporteray un
Jugement d'un grand Visir , qui
doit persuader plûtost leur sagesse , que faire croire que le soin
qu'ils ont de l'empescher , soit un
effet de leur ignorance.

Un fameux Imprimeur de Hol-
lande de Religion Juifve , estoit

PREFACE.

arrivé à Conftantinople avec un grand appareil de machines & de caractères de toutes les fortes d'idiomes , & particulierement d'Arabe, de Turc, de Grec, & de Perfan pour introduire dans cette Ville l'ufage de l'Imprimerie. Le Vifir n'en fut pas plûtoft informé, qu'il fit pendre le Juif, & rompre les machines , & les millions de caractères qu'il avoit apportez, foutenant qu'il y auroit de la cruauté de fouffrir qu'un homme feul ôtaft pour s'enrichir, le pain à dix ou douze mille Ecrivains, qui ne vivoient à Conftantinople que de leurs plumes.

Lifez, mon cher Lecteur, ce que je vous donne fans crain- dre de vous ennuyer, & d'eftre trompé. Comme les Autheurs Chreftiens d'aujourd'huy ne fon-
gent

gent pour l'ordinaire qu'à faire des
Panegyriques, dont ils esperent
des récompences ; il y a toûjours
sujet d'apprehender de ne pas
trouver la verité dans leurs écrits.
L'interest & la passion font passer
de bons Princes pour des Tyrans,
comme on donne souvent à la
Posterité des Princes injustes, &
cruel pour des Modeles de Justice & de Clemence. Ce qui fait
que les Histoires qui sortent d'une
source si corrompuë, servent souvent comme de Champ de Bataille aux Escrivains Modernes, où
les uns & les autres combattent à
qui mieux déchirera la verité ; les
uns en rapportant mal les choses
qu'ils ont entenduës, & les autres en faisant de pires raports de
celles dont ils ont esté les té-
moins. Presque chaque Prince

PREFACE.

veut un Autel , aprés cela l'on ne doit pas s'étonner s'il se trouve beaucoup de Prestres qui encensent la statuë du mensonge , & qu'il y ait tant de ces Idolâtres qui mettent en piece le simulacre de la Verité ; mais malheureux sont les Escrivains , que leur employ est difficile , & qu'il est plein d'écüeils !

Il n'y a point de General d'Armée qui ne veüille toûjours avoir vaincu , & les Princes n'avoüent jamais les pertes qu'ils ont faites , d'où l'on tombe dans un nouveau Cahos , où tout est confondu , & toutes les actions des hommes deviennent douteuses.

Combien de fois un Party victorieux a-t'il veu faire des feux de joye par un autre qui avoit esté défait ? Et de nos jours les

PREFACE

François ne se sont-ils pas ré-
joüis d'une Bataille gagnée, dont
les Hollandois, les Espagnols, &
les Allemans faisoient chanter
le *Te Deum* ? Comme on est encore aujourd'huy de moins bonne foy , qu'on n'estoit dans les
Siecles passez, il est tres-difficile
d'écrire les choses comme elles
sont , particulierement pendant
la vie des Princes, de qui l'on ne
peut faire l'Histoire sans crainte , ni dire la verité sans danger.
C'est pour ces raisons qu'on doit
ajouter plus de foy à nostre Arabe, qui rapporte avec la mesme
liberté qu'il a écrit aux Turcs ce
qui est venu à sa connoissance ,
& s'il a pû se tromper en quelque
chose , il n'a pas aimé la trom-
perie, mais il n'a pû toûjours éviter ce qui est arrivé à beaucoup

PREFACE.

d'honneftes-gens, qui ayant efté trompez, ont de mefme trompé les autres.

Comme fes Relations ont efté leuës avec attention, & qu'on a diligemment examiné la fource de tout ce qu'on y voit, on peut s'affurer d'avoir une Hiftoire tres-exacte, quoiqu'abondante en évenement confiderables, & cette Hiftoire eftant feparée en Lettres, comme l'Autheur les a écrites, vous pouvez vous promettre, mon cher Lecteur, que vous la lirez toute entiere fans vous ennuyer. Si vous ne voulez fçavoir aucun gré au Traducteur, qui n'a pas achevé un fi long Ouvrage fans beaucoup de peine, recevez du moins avec bonté le travail d'un homme mort qui n'a jamais crû

PREFACE.

qu'on dûſt imprimer ſes Memoires; d'un homme, dis-je, qui n'a-
voit d'autre application qu'à bien
ſervir ſon Maiſtre, qu'il regardoit
comme une Divinité.

De tels ſentimens luy ont fait
ſuivre exactement cette Sentence de ſaint Auguſtin, qui s'eſt
trouvée au commencement de
ſon ouvrage.

*Que quand on aime, on n'a point
de peine.
Et ſi on a de la peine, on aime la
peine que l'on a.*

N'attendez pas, mon cher
Lecteur, de trouver dans ces Lettres les titres ſuperbes & toutes
les ceremonies dont ſe ſervent les
Orientaux que le Traducteur a
trouvé à propos de retrancher;
vous verrez tout ce qu'on vous

PREFACE.

donne dans un ſtile familier, ſemblable à celuy dont les anciens Latins ſe ſervoient pour écrire aux Conſuls, aux Dictateurs, & aux Empereurs mêmes. Si les expreſſions de la Traduction ſont moins fortes que celle de l'Original Arabe, ne laiſſez pas pourtant de reverer la memoire de ce Miniſtre des Turcs ; & ne l'accuſez point de la foibleſſe du ſtile de celuy qui a entrepris de le traduire, qui avoüe qu'il ne luy a pas eſté poſſible d'atteindre à la force & à la beauté de celuy de ſon Original.

Ayez, Lecteur, encore quelque reſpect pour la memoire d'un Mahometan, qui ayant veſcu long-temps en France, aura pû profiter de la pieté des Catholiques, ce qui paroiſt dans ſes

PREFACE.

dernieres Lettres, où il fait des plaisanteries qui marquent assez qu'il commençoit à estre moins persuadé de la Religion des Turcs.

Si vous trouvez enfin que cet Arabe fait souvent l'éloge de LOUYS LE GRAND, & qu'il loüe ses loix & toutes ses actions Royales, ne soupçonnez point de flaterie un Turc, qui estant un ennemi caché, pouvoit blâmer sans scrupule ce que la verité le forçoit à loüer. Rendez plûtost graces au Ciel qui vous a fait trouver des Memoires, où vous verrez tant de grands évenemens écrits par un homme qui ayant toûjours vescu inconnu, a esté à couvert des insultes des Grands, de sorte qu'il a pû écrire la verité, que d'ordinaire

PREFACE.

la crainte ou l'avarice fait dé-
guiser également, ayant toûjours
rapporté les succés des Chrétiens, avec autant de verité,
que d'éloquence.

Le dessein que j'ay fait de
consacrer cét Ouvrage au plus
heureux, au meilleur, & au plus
Grand des Rois, m'a fait changer la resolution que j'avois prise
de ne publier pas mon nom, pour
éviter l'envie, & ne pas paroistre
rechercher des loüanges, & de
mesme qu'on ne se peut cacher
devant Dieu, j'ay crû qu'on ne
se devoit pas cacher devant les
Rois, qui sont leurs Images.
C'est pourquoy j'ay porté le premier Tome de mes Traductions
aux pieds de L O U I S le
G r a n d, afin qu'ayant esté
connu d'un Prince si Auguste,

PREFACE.

je ne puiſſe eſtre inconnu à mes
Lecteurs.

Celuy donc que vous avez veu
au commencement de cette Pre-
face ſortir d'Italie, & quitter
ſos païs, qui a trouvé les Memoires de Mamut auſſi-toſt qu'il
eſt arrivé à Paris, qui s'eſt per-
fectionné dans la Langue Arabe, eſt le meſme qui vous parle, qui vous preſente les Relations de ce ſage Mahometan,
& qui a eu l'honneur de les
preſenter à ce Roy Invincible.

Si ce que je viens de vous
rapporter ne peut contenter vô-
tre curioſité, attendez la ſuitte
de ces Lettres, que vous trouverez remplies d'évenemens re-
marquables, d'inſtructions utiles,
& de belles moralitez. Remer-
ciez Dieu, cependant qui fait naî-

PREFACE.

tre des gens qui s'occupent à vaincre l'ignorance & l'oisiveté , &
en rendant Justice à Mamut, Esclave passionné pour les interests
de son Maistre , & pour la verité,
ayez quelque bonté pour son
Traducteur qui estant né libre ,
ne connoist point d'autre Maistre
que Dieu , le bon Prince, & la
raison.

L'ESPION

DU

GRAND - SEIGNEUR

ET

SES RELATIONS SECRETES

ENVOYE'ES

AU DIVAN

DE CONSTANTINOPLE,

DE'COUVERTES A PARIS,

PENDANT LE REGNE

DE LOUYS LE GRAND.

Traduites de l'Arabe en Italien

Par le Sieur JEAN-PAUL MARANA,

Et de l'Italien en François par ✳ ✳ ✳.

Ces Relations contiennent les Evenemens les plus
confiderables de la Chreftienté & de la France,
depuis l'Année 1637. jufques en l'Année 1682.

TOME PREMIER.

LETTRE I.

MAMUT ARABE, tres-vil Esclave du Grand Seigneur, à Haznadarbassy, Chef & Garde du Thresor de Sa Hautesse à Constanti-nople.

'A y enfin achevé mon Voyage, aprés avoir marché cent quarante - quatre jours, & je suis arrivé à Paris

I. Partie.   A

le quatriéme du mois, à
la maniere des Chreftiens.
Je ne me fuis point arrefté en
Hongrie, & j'ay féjourné
quarante & un jour à Vienne.
J'ay remarqué dans la Cour
de l'Empire tout ce qui m'a-
voit efté ordonné, & j'en ay
rendu compte au Vizir Azem
toûjours invincible, ce qui
fait que je ne parleray point
là-deffus. Il y a fi peu que je
fuis arrivé icy, que je n'y
connois perfonne, & perfonne
ne m'y connoift. J'ay fait
couper un peu au deffous de
l'oreille mes cheveux que j'a-
vois laiffé croiftre. Je me fuis
logé dans la maifon d'un vieux
Flaman, & j'y ay pris une
chambre fi petite que le foupçon mefme n'y pourra pas

entrer, & pour n'avoir pas d'ennemi auprés de moy, je n'ay point voulu avoir de Valet.

Comme je suis assez mal fait, que je suis laid de visage, & que je ne suis pas grand parleur, je me cacheray facilement. Au lieu de mon nom, l'Arabe Mamut, je me fais donner celuy de *Tite de Moldavie*, & avec une petite Soûtane de serge noire, qui est la sorte d'habit que j'ay choisi, je fais deux figures ; je suis dans le cœur ce que je dois estre, & à l'exterieur je parois ce que je ne seray jamais.

Carcoa de Vienne me fournit dequoy avoir du pain & de l'eau, je veux dire qu'il me fournit dequoy vivre, & je vis de peu, quoique les œufs foient icy plus chers que les poulets ne font chez-nous, & c'eft à luy que j'adrefferay mes Lettres.

Le Juif Eliachim m'eft venu trouver, il me paroift affez informé de ce qui fe paffe dans le monde, & il me fera d'un grand fecours, mais je ne m'affureray de fa fidelité, qu'aprés avoir pris toutes les précautions pour l'empefcher de me tromper. Bien que le Mufti m'ait abfous des menfonges & des faux fermens que je feray obligé de faire, je ne puis neanmoins tromper fans fcrupule, quoy qu'aprés cette abfolution, je le puiffe fans peché. Mais puis qu'il faut fe fervir de l'artifice pour mieux

mieux servir nostre Souverain,
je le feray sans crime , & pour
ce qui regarde les avis que je
donneray , on n'en recevra
point de moy qui soient faux ,
où j'y feray le premier trompé.

Il me seroit difficile de pouvoir dire quelque chose de considerable d'une Ville qu'on ne
sçauroit parcourir en un jour ,
où l'on n'en a demeuré que
sept,& d'une Ville où le Peuple
est comme le sable de la Mer ,
où les Gens se logent jusques
sur les toits , & se bastissent
des habitations sur les Ponts.

Cette grande Ville est se-
parée en deux par la Riviere ,
& les deux parties sont join-
tes l'une à l'autre par un seul
Pont de pierre , je dis un seul ,
parce que celuy-là est fort

I. Partie.   B

grand, bien bafti, & maje-
ftueux. Au milieu on voit fur
un cheval de bronze la ftatuë
d'Henry IV. que fes faits
Heroïques ont fait nommer *le
Grand*, & dans la fituation où
il eft, il paroift encore commander à cette Capitale du
Royaume. Les autres Ponts
fur lefquels on a bafti quantité
de maifons, ne fe voyent pas,
& paroiffent plûtoft faits pour
la Ville que pour la Riviere,
je ne parle point des Ponts de
bois.

Le Palais du Roy eft d'une
architecture antique, mais il
a une certaine majefté qui
marque affez la grandeur de
fon Maiftre. Au dedans, il
paroift un defert, parce que
la Cour eft prefque toûjours

aux champs, ou à l'Armée.

Un homme d'Eglise, qu'on appelle à Rome un *Cardinal*, est le principal Ministre de l'Estat : On le nomme Armand du Plessis, Cardinal de Richelieu : Il a la reputation d'estre grand Politique, d'avoir l'esprit fort élevé, tres fin, & tres-penetrant, & du reste il suffit de dire que c'est un *Prestre*.

Tous les Peuples font des Vœux aux Ciel pour obtenir que leur Roy devienne Pere, mais la Reine ne devient point grosse, & il y a bien des années qu'elle paroist sterile.

J'entre dans les Eglises des Chrestiens comme eux, & quand je parois attentif à leurs Mysteres, je tiens dans mes mains nostre sacré Alcoran,

& j'adreſſe mes Prieres à
noſtre ſaint Prophete. En me
gouvernant de la ſorte, je
ſatisfais tout le monde; j'évite
les diſputes, je fais mes affaires, & je ne fais rien qui ſoit
contraire à mon ſalut. Conſerve ta ſanté, & attens-toy
d'avoir quelquefois de mes
nouvelles. J'envoyeray des
Relations de ce que les Chrêtiens feront de grand, le tout
pour ſervir à l'élevation de
noſtre tres-puiſſant & formidable à tout le monde, noſtre
grand Empereur, le Maiſtre
de ma vie & de ma volonté.

Je ne t'offre point mes ſer-
vices, car ils ſont voüez au
Seigneurs de qui tu es l'Eſclave auſſi bien que moy,
Toutes les Lettres que j'écri-

ray deformais, feront adreffées aux Miniftres du Divan.

Vis avec la pieté d'un bon Muzulman, & la fageffe d'un Miniftre habile, & de plus garde le Threfor de l'Empire, comme ton propre cœur qui fera le dernier à mourir.

A Paris le 11. de la 9. Lune de l'année 1637. felon l'Epoque des Chreftiens.

LETTRE II.

AU MESME
Haznadarbaſſy.

'AY eu trop bonne opinion de moy, & je n'ay pas aſſez penſé à qui j'écrivois, quand je me ſuis hazardé à te donner en peu de jours une Relation de la Cour de France, & à t'inſtruire de la maniere de vivre du Roy. Un vieil Arabe diſoit autrefois que pour bien ſçavoir les choſes, il les falloit avoir ſceuës plus d'une

fois, & les avoir oubliées trois,
afin qu'en les aprenant une
quatriéme, on les fceuft parfaitement. Ce qui me fervira
d'inftruction pour écrire à mes
amis, & aux Miniftres, non
pas comme j'entens les affaires, mais de la façon qu'il
faut qu'elles s'entendent. Reçoy cette Sentence, comme
un avis qui t'aprend qu'il faut
plûtoft aller lentement, &
faire bien, que de fe hazarder
à faire mal par trop de preci-
pitation.

Je ne fçay fi je dois écrire
que les Efpagnols manquent
de terrain pour en avoir pris,
pour ainfi dire, une poi-
gnée de celuy des autres.
Vingt-deux de leurs Gale-
res avec quelques Vaiffeaux

ont attaqué brufquement ,
& pris deux petites Ifles qui
font vis à vis de la Provence , qu'on nomme les Ifles
de Sainte Marguerite, & de
Saint Honorat , toutes deux
fteriles & inutiles, & qui ne
peuvent eftre confiderables
que par quelque petit port : ce
qui fait croire que cette acquifition ne fe pourra pas long-
temps conferver.

Il y a beaucoup d'apparence que la guerre fera longue
entre les François & les Efpagnols, & que la mort de deux
Princes Italiens qui vient
d'arriver, dont l'un eft Victor
Amedée , Duc de Savoye, &
l'autre Charles Gonzague ,
Duc de Mantoüe, fera non feulement renouveller les actes
d'hofti-

d'hostilitez entr'eux, mais que la Guerre en sera d'une beaucoup plus longue durée.

Je croy en verité; que c'est par un effet de la Providence que ces deux Nations ne connoissent point leurs interests, ou que les connoissant elles les méprisent, & que c'est par là que la puissance celeste veut que nostre Monarchie soit au dessus des autres, & par sa grandeur & par sa puissance, en faisant que les Rois de ces deux peuples soient toûjours ennemis, afin qu'il soit toûjours en nostre pouvoir de faire la Guerre, ou de demeurer en paix selon le bien de nos affaires. Cette Providence divine qui s'est déclarée en nostre faveur, aveu-

gle fans doute les Chrêtiens,
qui ne connoiffent pas l'avantage qu'ils perdent, & le bien
qu'ils manquent à acquerir, en
nous attaquant , nous qu'ils
haiffent fi fort , & qu'ils trai-
tent de Barbares.

L'Archevêque de Bour-
deaux eft à prefent General
de l'Armée Navale de France , cet homme eft Preftre;
& je ne puis m'imaginer comment le Pape permet qu'un
Preftre faffe le Matelot & le
Soldat, & comme un Prelat
de cette forte peut abandonner fon troupeau, fon Autel,
& fon Office , *s'il eft vray ce*
que difent les Chrêtiens ; mais
cela n'eft pas noftre affaire;
& il faut, puifque le Roy fon
maiftre eft un Prince, qui a bon

esprit, & qui entend bien son fait, il faut, dis-je, que le Prêtre soit fort propre au métier qu'il fait, & qu'il soit bon homme de mer.

Mais je n'aprofondiray pas davantage cette matiere, que je laisseray à penetrer à des intelligences plus relevées. Les Princes de quelque Religion qu'ils soient, estant toûjours des choses sacrées qu'on ne doit approcher qu'avec respect, & qu'on ne peut toucher sans danger: c'est tout ce que je te puis dire aprés les reflexions que j'ay faites.

Je suis dans une grande impatience de sçavoir des nouvelles de la santé du Grand Seigneur. Quand il se porte bien, tout le monde se porte

C ij

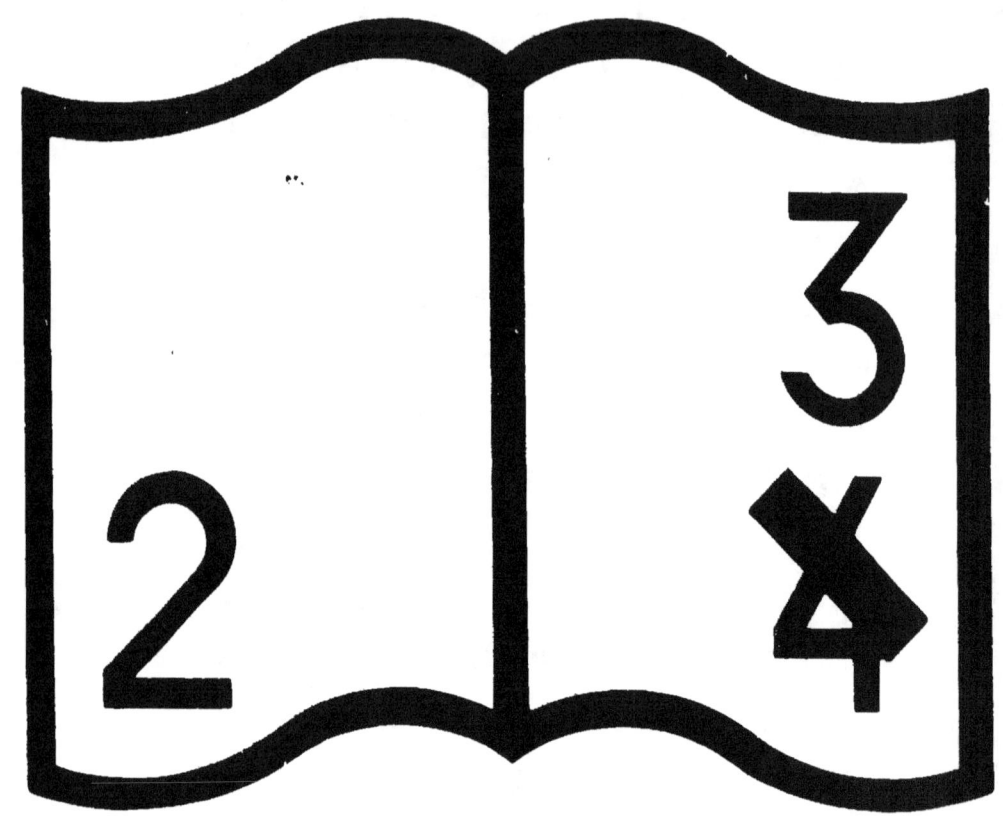

Pagination incorrecte — date incorrecte

NF Z 43-120-12

bien pour moy , & fans luy
je ne fuis rien ; je n'efcriray
pas fitoft au Grand Vifir parce que je veux mander ce qui
fe paffe en ces lieux avec
plus de certitude & de cir-
confpection : Et je luy efcriray
les particularitez de ce qui fe
fait de plus confiderable à la
Cour de France , qui eft le fujet
principal de ma commiffion.

Je fuis encore dans la confufion , & fuis comme un
homme perdu dans un lieu
qui paroift plûtoft une Province qu'une Ville. Il n'y a point
icy de gens oififs , tout le monde y eft dans une perpetuelle
action , les hommes font ce
qu'ils doivent faire , ils vont à
la Guerre , ils vont fur mer ,
& je ne les voy jamais filer ,

les femmes filent , elles ne
vont point à la Guerre , elles
ne vont point fur mer , & elles
font cependant plus que les
hommes en particulier dans
leurs chambres , & en public
dans des Boutiques , comme
auffi dans les marchez ; elles
font toutes chofes avec une
activité & un efprit merveil-
leux , & elles fe montrent icy
avec plus de liberté qu'elles
n'ont de foin chez nous de
fe cacher. Ceux qui n'ont
rien à faire , prennent le party
de la Guerre, ce qui femble
l'employ des faineants ,
quoique les Soldats dans les
Armées faffent plus que tous
les autres hommes. Conferve ta fanté dans toutes les
faifons , je ne feray jamais

mal pendant que tu seras mon
amy.

A Paris le 25. de la dixiéme
Lune de l'an 1637.

LETTRE III.

A . DARNISCH
Meheme t Baſſa.

IE me ſuis trouvé à une ceremonie que je voudrois voir ſouvent , pour en parler dans toutes mes Lettre c'eſt le *Te Deum* que les Princes Chrêtiens font chanter dans leurs Egliſes , quand ils ont eu quelque avantage conſiderable ſur leurs ennemis, & ce *Te Deum* eſt une Hymne compoſée par deux de leurs Saints Ambroiſe & Auguſtin ; J'ay dit que je voudrois ſouvent aſſiſter à cette ceremonie , parce que j'aurois ſouvent à parler de la perte des Chrétiens , en eſcrivant leurs conqueſtes. Quand les François ont l'avantage ſur les Eſpagnols ils chantent le *Te Deum* , & ces derniers font la même choſe dans leurs Temples , quand ils ont vaincu leurs ennemis. Ces deux Nations font ce que les Muzulmans devroient faire en les voyant ſe détruire d'elles-mêmes. Elles rendent graces au Ciel des maux qu'elles ſe font , l'une ne pouvant avoir de ſuccés dans ſes entrepriſes

fans que l'autre en reçoive
du dommage : & comme la victoire coûte toûjours beaucoup
de fang & d'argent, on les
voit s'affoiblir tous les jours;
d'où l'on doit juger de la fageffe des Mahomettans, parmy lefquels on ne voit jamais
de Guerre ouverte, qu'ils ne
peuvent jamais approuver
quand elle fe fait entre des
gens de la même Religion.

Je te raporteray prefentement la caufe des réjouïffances
des François. Les Efpagnols
avoient affiegé Leucate, petite Peninfule en Langue-
doc, qui n'a que quatre lieuës
de tour, avec deux ports où
peu de Galeres, & quelques
petits Baftimens peuvent demeurer en feureté. Cette pla-

ce fut attaquée par les Espagnols avec beaucoup de chaleur d'abord, mais l'entreprise a esté depuis abandonnée avec une grande perte; les attaquans ont été obligez de faire une retraite fort ressemblante à une fuite honteuse, ayant abandonné leur bagage, leurs armes, & toutes leurs munitions.

Le Comte Serbellon offrit d'abord à Barry qui commandoit dans la place une grande somme d'argent avec une grosse pension, mais ces offres ayant esté refusées, il a falu recourir à la force. Les François sont venus aux mains avec les Espagnols, les combats ont esté frequents & chauds, mais enfin les Espagnols ont esté entierement

deffaits. Le Serbellon s'eſt
retiré du coſté de Perpignan,
avec le fils du Duc de Car-
donne, Vice-Roy de Catalogne; il a perdu toutes ſes ten-
tes, ſa vaiſſelle d'argent, &
les deniers deſtinez au payement de l'Armée, & je di-
rois encore qu'il a perdu la reputation de bon Capitaine, &
de vaillant ſoldat, s'il ne pouvoit *plus recouvrer les occaſions
de combattre & de vaincre.* Il
faut que cette victoire ſoit de
conſequence, & qu'elle ſoit
fort eſclatante, puiſque le Roy
a aſſiſté luy-même à la ceremonie du *Te Deum*, avec la
Reine, deux Cardinaux,
le Conſeil d'Eſtat, & des
Finances, & ce qu'ils apel-
lent icy, *les Cours Souveraines;*

qui font des Compagnies de
gens choifis pour juger les
autres. Il y avoit outre cela,
un concours de peuple innom-
brable, qui marquoit fa joye
pour l'avantage remporté par
fon Roy , quoy que ce foit
aux dépens de fes Freres de la
même Religion. Vis heureux
& conferve ton honneur, pour
le moins autant que ta vie.

A Paris la 25. *de la dixiéme*
Lune de l'an 1639. ℣

LETTRE IV.

A ISUF SON
Parent.

JE te dis, que je vis, & que je me porte bien ; je n'ay point reçû de tes nouvelles, peut-estre m'as tu crû mort. Je suis le premier à te saluër par mes Lettres, quoy que ce fust à toy à commencer. Si tu as honte d'estre mon Parent , accusesen tes peres & meres, par qui tu te trouves de la même famille que je suis. Mais ne sois pas ingrat envers eux, ni méconnoissant du bien que tu as receu de moy. Tu sçauras presentement où je suis, & où je dois demeurer, & tu me feras réponce, si tu veux. Croy cependant le conseil que je te donne, quoy que tu ne le demandes pas, sois devot dans ta Religion, mais ne sois pas hipocrite, & ressouviens-toy qu'il n'y a point d'autre Dieu que Dieu; de même, que le favori & l'envoyé de Dieu est Mahomet son Prophete. Aime aprés cela ton Maistre sans desirer autre chose que d'executer ses volontez. Embrasse ton pere de ma part,

& donne un baiſer à ta mere
en la ſaluant comme ma ſœur
& mon amie, qui eſt le nom le
plus convenable aux perſonnes
qui ont enſemble des liaiſons
de cœur, que l'antiquité ait
pû imaginer. Vis-heureux, &
conſerve ta chaſteté.

A Paris le 25. de la dixième
Lune de l'an 1637.

LETTRE V.

A L'AGA DES
Janissaires.

E veux te donner
un petit plaisir, en
te donnant une
grande nouvelle,
qui t'aprendra que les Chrêtiens perdent plus facilement
qu'ils ne sçavent acquerir. Il
semble que le Marquis Am-
broise Spinola, que toute la
Terre a crû un grand Capitaine,
ait beaucoup perdu de sa reputation,

tation, parce qu'on vient de voir perdre une Place en onze semaines, qu'il avoit autrefois tenuë afïiegée onze mois, & où il avoit dépenfé onze millions ; fi ces circonftances font vrayes, elle font fort extraordinaires. Cependant le Spinola felon moy, fera toûjours eftimé pour un grand Capitaine, & il eft affez ordinaire de voir perdre en peu de temps par la lafcheté d'un feul, ce qui ne s'eftoit pû acquerir que dans une longue fuite de jours par la valeur d'une armée entiere.

Le Prince d'Orange a pris Breda place d'une grande importance, qui s'eftoit renduë il y a douze ans & trois mois au même Marquis Spinola, dont je viens de

D

parler, qui commandoit alors l'Armée d'Espagne. Cette conqueste est grande, mais tous ceux du party des vainqueurs n'en n'ont pas de la joye. On disoit qu'il n'estoit pas possible de la prendre autrement que par famine, elle a cependant esté contrainte de se rendre par le feu continuel, & la valeur des assiegeans.

Si les Holandois ne se fussent rendus maistres de cette place, ils auroient esté comme assiegez du costé du Brabant, & ils auroient toûjours eu l'ennemy à leurs portes, ils seront à present plus au large. Nous devons estre plus aises qu'ils ayent l'avantage que les Espagnols, avec qui nous n'avons jamais eu de paix.

Cette place eſt fortifiée avec une grande regularité, elle a quinze Baſtions, outre quelques petits forts du coſté du foſſé, il y a cinq ouvrages à cornes aux dehors, ſa grandeur eſt conſiderable, elle contient plus de cinq mille maiſons avec de grands jardins, & il y a trois Portes principales.

Je t'écris ces particularitez, parce que tu es homme de Guerre, reçoy ma Lettre de bon cœur, croy-moy ton amy, & ne ſoupçonne point ma fidelité. Si tu veux ajoûter à ta valeur un nouveau merite, qui augmentera la conſideration qu'on a pour toy, je t'aprendray un ſecret dont tu te pourras ſervir ſans y faire un

D ij

grande defpence , & qui te
donnera de plus du plaifir.
Lis quelquefois l'Hiftoire des
autres , principalement celle
des Rois les plus grands &
les plus heureux, & celles de
leurs Capitaines ; imite plûtoft les plus fages , que ceux
qui ne fe font fignalez que
par leur valeur : Enfin Lis les
Hiftoires, mais choifis toûjours
les meilleures , je veux dire
celles qui ne peuvent eftre fuf-
pectes de menfonge ; tu ne
manqueras pas de bons livres
Grecs & Arabes , qui font tra-
duits en Turc , ou en Perfan.
Tu apprendras à eftre fage par
la connoiffance de la folie des
autres, & tu deviendras encore
plus prudent, fi tu obferves la
fage conduite de ceux qui ont

fait de belles actions ; fur tout
ne neglige jamais de faire une
ferieufe reflexion fur les moindres evenemens. Il arrive fouvent qu'on trouve dans les
Livres des chofes qu'on ne
croit d'aucune confequence,
mais qui fervent beaucoup
dans des occafions importantes, pour éclaircir des affaires,
ou pour fervir d'exemple ; &
apprens cela d'un grand Roy
qui a conquis fon Royaume
à la pointe de l'épée, c'eft
Henry IV. Roy de France
& de Navarre.

Je veux finir avec une belle
penfée du Marquis Spinola,
qui vient fort bien au fujet.
Il dit qu'il faut que l'épée d'un
Capitaine foit liée à fon cœur,
fon cœur attaché à fa tefte,

& conduit par son jugement
qui se doit particulierement
former par la lecture de l'Histoire. Aime-moy autant que
je t'estime, & jamais tu ne
m'aimeras assez.

*A Paris le 25. de la dixiéme
Lune de l'An 1637.*

LETTRE VI.

A MEHEMET,
Page Eunuque de la Sultane Mere.

TU as paſſé quatorze ans dans le Serail, & pour ton mal-heur, tu as toûjours eſté au ſervice des Femmes, ſers preſentement un homme qui eſt *tres-aſſurément* quelque choſe de plus qu'une femme. Tu ſçais que la confiance que nous avons euë l'un à l'autre, est arrivée au point de nous découvrir nos deffauts & à les souffrir. Presentement que je suis éloigné, & par consequent plus exposé à la critique, & aux mauvais offices, n'oublie pas les interests de ton amy : veille nuit & jour pour l'interest de ma vie. Observe, cherche, & tâche à penetrer ce qu'on dit, & ce qu'on dira de moy à la Cour. Nostre grand Empereur m'a envoyé icy pour observer ce qui s'y passe, & luy en rendre compte, je sçay bien que je suis party, & que je suis arrivé, où je dois executer ma Commission, mais je ne sçay pas encore si je retourneray au lieu où je voudrois achever mes jours. On

fait

fait bien de delà la plufpart des chofes, mais elles ne fe font pas toutes également. J'ay d'autant plus jufte fujet d'aprehender, que tout le monde fçait que je m'acquiteray avec fidelité des ordres que j'ay receus. Voy jufqu'où va le mal-heur d'un homme qui en fert un autre, maiftre de tant de millions de Sujets.

Je te veux apprendre deux petites nouvelles, dont tu feras part de la premiere au Bacha de la Mer, & de l'autre au Nahib. *. On a eu a vis que le Roy d'Angleterre a fait paroiftre dans fes Mers, qu'on apelle l'Ocean Britanique, un Vaiffeau d'une fi prodigieufe grandeur, qu'il eft fort au

* Le Nahib, eft comme le Vicaire du Mufti.

I. Partie. E

deſſus de tous les autres,
qu'ont eu juſques icy les Princes Chrêtiens, tant pour ſa force que pour ſa vaſte étenduë,
il eſt armé de 120. Canons
de fonte, il prend quand il eſt
vuide juſqu'à 17. pieds d'eau,
& ſa charge eſt de 1100.
Tonneaux ; on dit qu'il coûte deux millions de Piaſtres,
& comme s'il eſtoit le Roy de
tous les Navires, on le nomme *le Souverain.* La ſeconde
nouvelle, eſt un prodige arrivé dans la haute Saxe, qui ne
ſe croit qu'à peine des gens
ſages, mais à qui les femmes
& le commun des hommes
ajoûtent aiſément foy.

On dit qu'à Dreſden un
Courtiſan du Duc de Saxe
ayant coupé une piece de

bœuf cuit, il en fortit une fi grande quantité de fang, que la table où eftoit l'Electeur, en fut toute couverte, & moüillée, & que ce Prince en a efté extrémement troublé, prenant cette avanture pour un prefage de la famine, & de la Guerre. Fais-moy fçavoir fouvent de tes nouvelles, & de celles de nos amis ; & ne fais confidence à perfonne de celle qui eft entre nous. Tu apprendras de moy des fecrets de grande importance, fi tu es fidelle, & difcret. Dieu t'accorde en un inftant le bien que je fouhaiterois acquerir en toute ma vie.

A Paris le 15. de la onziéme Lune de l'an 1637.

E ij

LETTRE VII.

A L'INVINCIBLE Vizir Azem.

UISQUE tu t'es acquis la connoissance de choses presentes par ta prudence, & ton rare sçavoir, & que tu m'as destiné pour t'informer de celles qui arriveront aux lieux où tu m'as envoyé, je tâcheray à penetrer les affaires les plus secretes, pour te les apprendre, afin qu'il n'y ait rien au monde qui te soit caché.

Il se fait presentement peu d'actions éclatantes dans la Chrêtienté, qui meritent de t'estre raportées, & tu es suffisamment instruit de l'estat de le France, & de la persence de son Roy. J'attens à te faire sçavoir quelque evenement qui te divertisse en même tems, qu'il t'aprendra quelque nouveauté. Ce Prince se nomme Loüis le Juste : on ne le peut pas encore dire heureux, parce que n'ayant pas un fils qui luy succede, il y aura toûjours dans son Royaume quelque sujet de troubles : il n'y a pas même d'esperance que la Reine devienne grosse, à cause de sa longue sterilité. Si le Roy se resout à la repudier, & à prendre une autre

femme, cela ne se pourra faire sans Rome ; & Rome, le
Pape, & tous ses Prestres,
suivant leur stile ordinaire feront tant de difficultez, & seront si longs à se déterminer,
qu'on aura grande peine à tirer
d'eux, le consentement que la
Loy des Chrêtiens rend necessaires à la rupture du premier Mariage. En verité cet
esclavage est dur, où les Princes Chrêtiens sont sujets,
mais c'est un point de leur
loy, qui ne t'important en
rien, je n'ay que faire de t'en
parler. Ce deffaut de succes-
seur au Roy de France, est
un grand avantage pour les
Espagnols, qu'il semble que
le Ciel ait fait naistre pour
estre ennemis des François. Il

semble encore qu'il y ait une force secrette, qui entretienne une antipatie continuelle, entre ces deux Nations, ce qui fait croire qu'il ne se pourra jamais faire entre elles, une paix bien solide.

Tu auras appris de ceux à qui j'ay écrit, qui n'oseroient te rien cacher, ce qui est arrivé icy dans le peu de temps que j'y ay sejourné. Je ne te rediray point les petites choses, la grandeur de ton genie, & l'élevation de ton employ te mettent si fort au dessus de tout ce qui n'est pas extraordinaire, qu'on ne doit te faire sçavoir que les grands évenemens.

Je ne t'entretiendray point de la prise de la vieille Ville de

E iiij

Salé, ni des mouvemens qui se font dans la nouvelle ; tu auras receu plus promptement par les côtes d'Afrique , les avis des actes d'hostilité que les Anglois ont fait avec leurs Navires de Guerre, contre cette Ville que le Roy de Maroc protege.

L'attentat est grand, on en parle icy, comme d'une entreprise fort hardie, la grande penetration de ton esprit t'en fera juger la consequence.

On dit icy que le Roy de France a écrit à Rome, qui se resoudra volontiers à faire une longue Tréve avec ses ennemis. Si cela arrive, ce repos ne servira qu'à accroiftre les forces de l'un & de l'autre parti, ce qui pourra en suite rendre la Guerre plus cruelle: cependant on croit qu'on fon- ge plûtoſt à faire une Paix ge- nerale, mais le tems fera dé- couvrir aux Politiques, ce que nous ne pouvons preſentement deviner.

Cette Cour eſt grande, & magnifique, elle demeure peu en un même endroit, & elle n'eſt preſque jamais à Paris. Elle eſt toûjours dans les lieux, où eſt la Guerre parmy les Ar- mées, où à la Campagne à ſe divertir.

Les eſprits des Courtiſans ſont differens, mais ils ont une égale inclination pour deux choſes oppoſées, la Guerre & l'Amour, & s'y attachent avec beaucoup de conſtance.

La Religion qu'on apelle des Proteſtans , qui a cauſé beaucoup de mal au Royaume, eſt preſentement fort abatuë par la priſe de la Rochelle, qui eſtoit comme tu ſçais le principal boulevart de ceux de cette Secte.

Il ſemble que ce Roy veüille imiter nos puiſſans & formidables Empereurs , & qu'il veüille regler ſa conduite ſur la tienne , en ne voulant point ſouffrir dans ſes Eſtats, deux Religions qui ſoient oppoſées.

Le Royaume neanmoins eſt encore plein d'eſprits ſeditieux. Le Cardinal de Richelieu qui tient le timon des affaires de la France, comme tu tiens celuy de l'Empire de tout le Monde, se trouve, pour ainsi dire au milieu de la tempeste , & il a assez sujet de craindre , car il y a une infinité de gens qui suivent les estendars de Luther, & de Calvin , qui ne pensent qu'à sa ruine.

Cependant la puissance des François paroist fort grande, & il est à aprehender qu'avec le tems elle n'augmente infiniment.

Tu sçais , invincible Bacha, ce qu'ont fait dans les siecles les plus éloignez les anciens Gaulois qui furent nommez Gallogrecs : aprés avoir parcouru toute l'Italie, & saccagé Rome , ils s'arresterent au milieu de l'Asie , & n'ont pû estre défaits que par les Ro-

mains , parce que le Ciel avoit
ordonné que les Romains fub-
jugueroient toutes les Nations;
mais aujourd'huy que ces anciens Gaulois ne font plus , &
qu'il n'y a plus de ces braves
Romains , qu'il plaife à la bonté infinie du Tres-haut que la
puiffance de ces modernes Gaulois foit bornée. Si les François faifoient neanmoins ce
qu'un Efpagnol qui fuyoit la
colere de Philippe I I. confeil-
loit à Henry IV. leur Roy , à
fçavoir de fe mettre bien avec
Rome , d'avoir une grande
puiffance fur la mer , & un
Confeil compofé d'hommes fages , fecrets & fidelles ; peut-
eftre qu'un jour ils égaleroient
les anciens Romains. Je penfe

que celuy qui parloit ainfi à
Henry , eftoit Antonio Pe-
rez.

Comme j'obferve de prés
toutes chofes , que j'obferve-
ray encore à l'avenir avec plus
de foin, il me paroift que le genie de cette Nation eft de s'a-
grandir & d'étendre fes limi-
tes.

Il y a beaucoup de François
qui difent que les Rois n'ayant
rien au deffus d'eux qui les
borne, Dieu a donné l'Empire de la Terre au plus puiffant.
Ils ajoûtent qu'Adam n'a point
laiffé de Royaumes à fes enfans ; mais qu'ils s'en font faits.
Ils fe glorifient de certaines
Propheties qui leur promettent
l'Empire de toute la Terre. Je
te rapporte en cela ce que j'en-

tens dire , & non pas ce qui
doit arriver. On a icy la même haine pour nous , qu'on a
dans les autres endroits où
noſtre puiſſance eſt redoutable;
mais les hommes ſages qui ont
connoiſſance de nôtre hiſtoire,
parlent de l'Empire Ottoman
avec plus d'admiration que de
l'Empire Romain , & ſi ce dernier fut détruit par les Guerres
civiles qui le déchirerent , l'autre s'accroiſtra & ſe maintien-
dra par les grandes précautions qu'on prend pour les
empeſcher , & par l'union de
ſes forces.

Tu ſçais plus de choſes de
l'étenduë de la Ville de Paris,
que je ne t'en ſçaurois apprendre, je ne te diray rien de ſa
grandeur au dedans , car je ne
ſuis pas bien encore informé de

tout. Il me paroist que cette Ville est fort grande & pleine de peuple, mais Constantinople est bien plus grande & plus remplie d'hommes.

Tu me pardonneras aprés cela, si je ne fais pas encore de jugement asseuré d'une Nation que je ne comprens pas bien. Je te diray neanmoins que les François ne sont plus fols, & je croy qu'ils ne l'ont jamais esté. Ils n'aiment point les nouveautez par legereté, mais par raison d'Estat, & quand ils sont inconstans ce n'est point pour faire du mal, mais pour acquerir du bien. Ils sont heureux & malheureux à la Guerre comme les autres; mais ce qui est considerable, ils ne combatent point leurs ennemis par haine, mais pour obeïr à leur

Prince : ce qui fait cette grande discipline qui est dans leurs
armées : Et ce qui me paroist
digne de reflexion, ils aiment
leur Roy par inclination, &
cét amour fait en eux ce que
l'attachement aux preceptes
de la loy, fait dans le cœur des
meilleurs Turcs. Je me sers de
cette comparaison que j'ay ap-
prise de toy, qui es le plus sage
homme du monde; de la bouche de qui j'ay entendu comme d'un Oracle, qu'il importe
peu que les Sujets aiment leur
maistre par inclination ou par
crainte, pourvû qu'ils servent
tous, & soient toûjours dans
l'humilité.

Si jamais il arrive que je sois
découvert, tu me feras un grand
honneur de me faire sçavoir
si je dois avoüer que je suis
Agent

Agent de la fublime Porte , &
choifi par toy ; ou fi je dois
mourir fans rien faire connoî-
tre.

Je finis ayant la tefte contre
terre, fans jamais ceffer de prier
le Tres-haut qu'il accorde un
bon-heur continuel à toy , & à
l'Empire.

*A Paris ce 15. de la onziéme
Lune de l'an 1637.*

F

LETTRE VIII.

AU PREMIER
Secretaire de l'Empire Ottoman Muslú Reis Effendi.

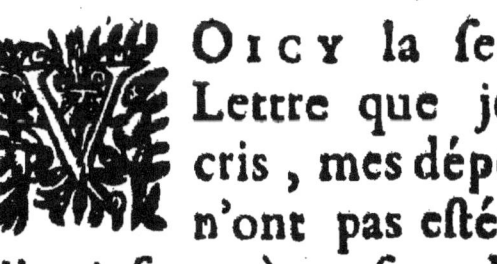

VOICY la seconde Lettre que je t'écris, mes dépesches n'ont pas esté remplies jusques à present de choses fort importantes, parce que je n'ay pas eu le temps d'en apprendre de plus considerables. Je souhaiterois fort t'en

écrire qui te puſſent plaire, &
m'empeſcher de t'importu-
ner, reçoy ce que je t'offre
avec bonté, & ſois perſuadé
que j'ay autant de veneration
pour tes ſenſures, que j'apprehende de me les attirer.

Je vis icy ſuivant les inſtructions qui m'ont eſté don-
nées, & je vis avec aſſez de
tranquilité, le Païs eſt bon &
gras, les hommes ſont de bonne compagnie, ils ont le cœur
franc, & me ſemblent aſſez
diſorets.

Je n'ay point cherché juſques à preſent à faire de connoiſſances avec des femmes,
cependant il faudra bien que
je trouve les moyens de m'introduire auprés d'elles; c'eſt un
ſexe qui ne pardonne point

quand il fe croit méprifé : elles font fort propres à découvrir les chofes qu'on veut apprendre , & fort propre à
les dire quand on les veut
faire fçavoir , & de plus elles
penetrent autant les fecrets
des cœurs , que puiffent faire
les Courtifans les plus fins &
les plus adroits.

Au furplus , il y en a beaucoup qui ne fçavent taire, que
ce qu'elles ne fçavent pas.

Je ne pratique point avec les
Moines fans neceffité , quand
je les voy , c'eft pour faire le
devot : dans le deffein que
j'ay eu de m'introduire dans
la maifon d'un homme d'Eftat,
j'ay trouvé le moyen d'enfei-
gner le Grec à fon fils.

Il ne faut pas s'attendre à

trouver icy la grande tranquilité de Conſtantinople, la Ville
eſt ſi embaraſſée de Carroſſes,
de Chevaux & de Charettes,
que le bruit qu'on y entend
eſt au deſſus de l'imagination.
Tu trouveras ſans doute étrange que des hommes ſains, &
qui n'ont point de mal aux jam-
bes ſe faſſent traiſner dans une
machine ſur quatre rouës ;
Mais je ſuis plus étonné de voir
que ces meſmes hommes puiſſent ſe reſoudre à ſouffrir l'in-
commodité du bruit , & celle
de la dépenſe qu'ils ne peuvent faire que par vanité.
Les François plus moderez
& qui n'approuvent pas le
luxe , diſent avec les Anciens
du Païs , qu'il n'y avoit du
temps d'Henry III. que trois

Caroſſes à Paris , dont il y en avoit deux qui eſtoient au Roy. On en void preſentement un ſi grand nombre qu'on ne ſçauroit plus les compter. Je ne te ſçaurois rien rapporter de nouveau du genie des François , tu le connois parfaitement , il faut admirer dans toutes leurs actions un eſprit delicat , & une activité pareille à celle du feu.

Il ſemble qu'il n'y ait qu'eux qui connoiſſent bien le peu de durée de la vie des hommes, ils font tout avec tant de promptitude , qu'on diroit qu'ils n'ont qu'un jour à vivre. S'ils vont à pied ils courent, s'ils ſont à cheval ils volent , & s'ils parlent, ils mangent la moitié des paroles. Ils aiment paſſion-

nément les belles inventions,
on ne te sçauroit rien dire de
fort assuré de leur fidelité, on
doit neanmoins avoir quelque
soupçon de celle de gens qui
lisent differamment de ce qu'ils
écrivent, & qui n'écrivent pas
comme ils parlent. Ils aiment
l'argent, qu'ils regardent comme la matiere premiere, &
comme une cause seconde en
toutes choses ; il s'en faut peu
qu'ils ne l'adorent, & c'est là le
peché originel de toutes les
Nations.

Pour enrichir plusieurs Villes de l'Europe, il faudroit
détruire celle de Paris. Par là
comprens sa grande estenduë,
combien elle est marchande,
comme elle est riche, & comme quoy toutes sortes d'Arts y
sont florisants.

La Nobleſſe en France eſt
toûjours preſte à monter à cheval quand le Roy le commande,& elle aime ſi fort la Guerre , qu'il eſt à croire que nous
aurions bien des affaires ſi nous
en eſtions auſſi voiſins que les
Eſpagnols , & jamais elle ne
manque d'Infanterie.

J'auray doreſnavant des nouvelles de tout ce qui ſe paſſe
dans le monde Chreſtien, auſſi
bien que de ce qui ſe fait dans
ce Royaume ; & j'obſerveray
tout avec tant de ſoin que rien
ne m'échapera, & j'en rendray
compte exactement à qui je
dois. Cependant je tâche de
faire des connoiſſances ; mais
il me faut plus d'argent que je
n'en ay pour répondre à l'atten-
te qu'on a de moy. Deux ſe-
quins

quins qu'on me donne par jour, sont plus que suffisans pour entretenir un homme qui vit à la Sinique ; mais ce n'est point assez pour me donner les moyens de m'introduire dans les maisons, pour penetrer les secrets, & pouvoir découvrir les affaires les plus importantes suivant la commission que j'en ay, & il faut que tu m'aides à en obtenir davantage.

J'espere réussir dans mon employ, si tu ne me refuse pas ton secours, ne trouvant rien de difficile à executer mes ordres, que la necessité de mentir quand je me fais passer pour Chrestien. Je m'imagine voir Mahomet en colere, & je croy mon ame perduë, quoy que je sois dans le cœur plus fidelle à

ma Religion que tous les Mahometans enfemble. Puis que
je me refous à faire une chofe
où j'ay tant de repugnance, on
peut s'affurer que j'attendray
tous les maux imaginables avec
fermeté, quoy que felon toutes
les apparences je doive plûtoft
efperer du bien.

Remets, je te prie la Lettre cy
jointe dans les mains propres du
tres-Venerable Mufti, & tires
de luy s'il eft poffible un éclair-
ciffement de mes doutes, il n'y
a rien qui me touche plus vive-
ment que ce qui regarde
ma Religion, & avec la Religion le fervice de mon Empereur.

A Paris, le 15. de la onziéme
Lune de l'an 1637.

LETTRE IX.

AU MUFTI,
Prince de la Religion des Turcs.

E mourray fidelle Mu-zulman, quand même je verrois dreſſer pour mon ſupplice toutes les Croix des Carthaginois, & quand j'aurois devant les yeux les ap-pareils des tourmens les plus cruels que puiſſent inventer les

ennemis de noftre fainte Religion ; mais puis qu'il ne s'agit
pas de mourir à prefent pour
bien fervir mon Empereur,
mais de vivre en le fervant, je
te fupplie grand Pontife de me
vouloir conferver mon inno-
cence, en me donnant une
abfolution fort ample, ou en
m'impofant une Penitence qui
puiffe effacer tous mes crimes.

Paris a toûjours efté la re-
fidence des Rois de France,
d'où vient qu'on n'y fouffre
aucun exercice de la Religion que de celle des Chrêtiens, & ceux qui reconnoif-
fent pour chef le Pontife de
Rome ont en France le principal maniement des affaires
de la Religion, & c'eft chez

eux que se conserve le veritable culte de l'Eglise Latine.

Je vis icy en apparence comme si j'estois Chrestien & Catholique, ce qui fait que j'entre dans les Eglises, j'assiste aux ceremonies, je me mets à genoux devant la Croix, & je parois avec beaucoup de devotion & d'humilité devant les Images qui sont icy en venaration.

Je connois assez que si le genre de vie que je mene, ne m'est permis, parce qu'il est utile aux affaires de l'Estat & à la personne du grand Seigneur, que je suis un sacrilege, puis qu'il est vray que j'agis contre les preceptes de Mahomet exprimez dans son Alcoran.

G iij

Je suis coupable de violer la Loy qui m'est prescrite, & je merite la mort, si tu n'assures mon salut & ma vie, en approuvant cette maniere de vivre où je suis obligé. Il est vray que tu m'as déjá donné l'absolution pour les faux sermens qu'il faudra que je fasse, quand ils seront necessaire au service de mon Maître, mais je ne suis assuré pas que cette absolution s'étende assez loin pour me mettre en sureté de conscience, lors que j'abuseray des choses sacrées.

C'est à toy à decider ce point qui m'est si important, & j'attens ton jugement avec impatience, si tu trouves digne de cette grace un fidele Muzulman qui conserve toute sa Religion dans son cœur, & vit

comme je fais parmy les ennemis de sa Loy.

L'interest de ma conscience
m'oblige encore à te demander
de quelle maniere je me dois
gouverner quand je verray
pratiquer les mesmes actes de
Religion, à tous ceux qui sont
effectivement ce que je fais
semblant d'estre. Les François
feront bien-tost leur Carnaval.
Aussi-tost qu'il sera finy, les
Catholiques songeront à jeû-
ner, aprés avoir assisté à une
ceremonie où on leur met des
Cendres sur la teste, en les
faisant souvenir qu'ils ont esté
formez de poussiere, & qu'ils
retourneront en poussiere ?
C'est dans ces temps-là qu'ils
vont entendre les Sermons de
leurs Prestres qui leur expli-

quent ce qu'ils appellent *les Evangiles* , & ils vont dans leurs Temples plus qu'à l'ordinaire , ils s'appliquent davantage aux œuvres de pieté , & aprés avoir purgé leurs ames par des Penitences & des Confessions fecretes qu'un homme fait à un autre homme, ils font un repas d'un certain pain qu'ils appellent *le Sacrement de l'Euchariftie* , où ils veulent que fous les efpeces qui parroiffent , aprés certaines paroles prononcées par leurs Preftres, le corps de leur Meffie foit réellement.

Cette ceremonie eft une obligation dont les bons Chrêtiens ne fe peuvent difpenfer, qui leur eft ordonnée par leur Loy , & que leur Pontife veut

qui foit obfervée. Ils l'appellent communément fe Con-
feffer & Communier une fois
l'an , & faire la Pafque. Dois-
je m'hazarder à faire un fi
grand facrilege , & tenter
pour ainfi dire, Dieu par une
fi grande fuperftition & irri-
ter noftre grand Prophete ;
On dira peut-eftre que beaucoup de Juifs ont fait la même chofe , & qu'ils la font encore tous les jours pour fe conferver dans une plus grande
fureté. Mais combien y en a t'il
qui ont efté châtiez du Ciel
par des miracles vifibles , &
combien y en a-t'il qui ont
éprouvé des châtimens terribles
par les Ordonnances des Juges ?

Toutes ces reflexions me
troublent l'efprit , ô Prince

tres saint de la Loy divine !
je ne croy pas qu'il puisse estre
permis de se mocquer des mysteres d'une Religion quelle
qu'elle puisse estre. Le Dieu des
Chrestiens est le mesme que
nous adorons, mais leur Religion est entierement opposée
à la nostre ; il y a une grande difference de leur JESUS
Crucifié avec toutes les igno-
minies possibles, comme le
croyent ces Infideles, à un
Mahomet immortel & triom-
phant, grand Legislateur, &
la pierre angulaire du premier
Empire du monde.

Donne-moy donc des ordres
positifs, afin que je puisse estre
délivré de mes scrupules, &
que je puisse croire que ce
que tu me permettras, soit un

effet de ta juſtice, & non pas d'une tollerance qui me feroit pernioieuſe.

Il eſt vray que je pourrois m'empeſcher de faire toutes ces choſes, en feignant de les choſes, en feignant de les avoir faites; mais il feroit plus utile aux affaires de ne s'en point exempter ſi cela ſe peut ſans crime, & que dans cette prati-que les hommes ſoient les ſeuls trompez.

Enſeigne donc à un eſclave obeïſſant ce que tu croiras de plus avantageux pour la gloire de Dieu, & de plus utile au ſervice de noſtre ſouverain Sei-gneur. Je ne t'écris pas mes doutes pour t'embarraſſer, mais pour tirer de ton grand & ſublime genie, des lumieres qui diſſipent les tenebres où je vis.

Aprés cela, grand Pontife, refouviens-toy de ton humble ferviteur, & prie le faint Prophete qu'il m'empefche de perir.

A Paris ce 1. de la onziéme Lune de l'an 1638.

LETTRE X.

AU
KAIMAKAM.

JE reçoy de ta main la premiere dépefche qui m'eft adreffée de la fublime Porte. Et je la reçoy au commencement de l'année, fuivant les Lunes de ces Infidelles. La date eft du mois Diellidge ; tu m'ordonne de t'écrire deux chofes, & d'en faire trois. Tu veux premierement fçavoir fi ce Roy eft vieilly,

& s'il a une santé parfaite,
& puis tu veux que je t'é-
crive s'il y a esperance que
la Reine puisse avoir des enfans. Tu veux aussi que j'envoye à sa Hautesse les portraits
du Roy, du Cardinal de Richelieu, & du fils aisné du
Prince de Condé.

Comme tu es un des principaux appuy & soûtien de la
puissance de la sublime Porte
élevée par dessus tous les
Trônes du monde, aprés le
Visir Azem, dont les ordres
font la regle de l'Univers, Ministre & le premier des Esclaves
de l'heureux Empereur des
Ottomans, je dois faire ce que
tu me commande.

Je te diray donc, que j'ay
veu trois fois ce Roy, il ne

paroift pas à fon vifage , à fon
poil, ny à fa taille qu'il foit
encore vieux , & il feroit difficile de deviner le nombre de
fes années , fi l'on ne fçavoit
le jour de fa naiffance ; mais
on ne peut cacher que ce Prince eft né le 27. du 9. mois de
l'année 1601. felon l'Egire des
Chreftiens.

Par là tu feras un calcul jufte
de l'âge de ce Monarque ,
qui pour eftre dans fa fleur
paroift moribon fur le Trône
pour n'avoir pas encore donné
d'heritier à fon Royaume, &
mefme fon âge qui eft de prés
de 40. ans n'eft plus l'âge
d'un jeune homme , outre
qu'on a obfervé que peu de
Prince arrivent jufques à la
vieilleffe.

La Reine pourra toûjoûrs accoucher fi elle devient grof-fe, mais fi elle le devient ja-mais, aprés avoir paru fteri-le pendant 23. années, il eft certain qu'un fruit qui aura efté fi long-temps attendu, donnera un ample fujet aux Aftrologues de l'Europe de fai-re de grands raifonnemens.

Pour moy, je m'imagine que ce Roy aura de la peine à de-venir pere s'il ne répudie cette femme cy, & n'en époufe une autre.

Il n'eft pas permis de pene-trer d'où vient cette fterilité. Tu vois par là, la foibleffe des Princes qui adorent le CHRIST, & qui font foûmis aux loix de Rome, qui croyent un crime à fe donner un heri-tier

tier qui ne foit pas né d'un
Mariage legitime, quoy qu'il
arrive d'ordinaire que lors que
les heritiers viennent à manquer, ce Royaume eft expo-
fé à perir par les diffentions &
les Guerres civiles, qui font
en ces occafions toûjours iné-
vitables.

Le Tres-haut qui a toûjours
protegé la grandeur de l'Empire Ottoman, a laiffé les Infideles dans ces erreurs, afin
de donner à noftre puiffant
Monarque qui eft le vangeur
de l'unité divine, une grandeur
fuperieure à celle de tous les
Rois qui font fes Efclaves,
& en mefme temps l'a fait
faint par deffus tous les faints
de ce monde, & nous a permis de pouvoir avoir des en-

H

fans qui nous fuccedent, d'autant de femmes que nous en
pourrons entretenir ; les enfans
des Muzulmans eftant tous le-
gitimes.

Pardonne-moy de grace;
j'oubliois que je parlois, à
toy qui eft la fageffe mefme, & à qui rien n'eft inconnu des fecrets de la Loy & de
l'Eftat.

J'envoyeray à Carcoa de
Vienne les Portraits du Roy,
du fils du Prince de Condé &
du Cardinal de Richelieu, fuivant les ordres que j'ay receu
de toy, & ce fera dans tres
peu de temps : Pleuft au Ciel
que je te puffe auffi facilement
envoyer les originaux, je de-
farmerois tout d'un coup ce
Royaume, qui par là feroit

mis bien - toſt à feu & à ſang.

L'habit que je porte, & la maniere dont je vis, m'a déja beaucoup ſervi à faire des amis. Je trouve le moyen d'aller une fois la ſemaine à la Cour. Ma laideur fait que les maris n'ont point de jalouſie de moy. Bien des gens me prennent pour un homme ſage, & parlent confidemment en ma preſence de politique & d'affaires d'Eſtat, & je ne manque pas de me ſervir de tout ce qui peut m'aider dans mon miniſtere, ainſi en faiſant une choſe pour laquelle j'ay de la repugnance, je viens à bout de tout ce que je veux, & je t'aſſure de bonne-foy que ſi tu continuës à me proteger, & que tu m'aſfiftes de tes confeils, je feray quelque chofe d'utile. Que le grand Dieu donne une fanté perpetuelle à ton corps, & faffe que ton ame joüiffe en Terre & dans le Ciel de la felicité des Bien-heureux.

A Paris le 1. de la premiere Lune de l'an 1638.

LETTRE XI.

A BREDEDIN
Superieur du Convent
des Dervis de Cogny
dans la Natolie.

I E t'écris à toy qui es venerable par ton âge & par tant de longs voyages que tu as faits, toy qui as tant de fois esté en Pelerinage dans l'Arabie, la Tartarie, la Perse, & les In-

des, toûjours pieds nuds, &
demandant l'aumône par devotion que tu as au saint des
saints nostre grand Prophete
Mahomet.

Je t'adresse cette Lettre,
à toy qui portes sur ton corps
les cicatrices de vingt-cinq
grandes blessures, qui as prié
cinquante-neuf fois dans le
sacré vestibule, & reveré les
saints Mysteres dans le sanc-
tuaire le plus reservé de la
Mecque, & qui as plus de soixante & dix ans de Religion
parmi les Dervis, où ton merite t'a fait choisir pour Superieur dans le Convent de Natolie.

Tu sçais bien que je sers
celuy qui est l'Arbitre du de-
stin de l'Univers, je veux dire

le Sultan Souverain du Monde ; apprens ce que j'ay entendu icy de la bouche des Chreſtiens , & pardonnemoy ſi je n'y ay pas aſſez bien répondu , mais ne m'accuſe pas d'avoir merité la mort , pour avoir paru maudire nôtre ſainte Loy , & celuy qui nous l'a donnée, & ſi j'ay paru rejetter les preceptes de ſes Succeſſeurs Ali , Oſman, & Omar; il eſtoit à propos que je fiſſe un peu de mal, pour ne pas perdre l'occaſion de faire un plus grand bien.

Tu ſçais aſſez que je ſuis deſtiné à ſervir , & tu ſçais qu'ayant eu l'abſolution de tous les parjures que je commettray , je puis manquer à ma Loy , & qu'il m'eſt permis de

mentir. Cela suffise , lis ma
Lettre , & apprens jusques où
va la haine qu'ont pour nous
ceux qui ne sont pas de la
même Religion.

Pour te mieux instruire de
ce qui m'est arrivé , il faut
que je te dise qu'il y a parmy les Infidelles un Ordre
de Religieux fort en vogue ,
qu'on nomme *la Compa-*
gnie de JESUS, où il y a
un nombre infini de gens ,
les uns plus habilles que
les autres , dans toutes sortes
de sciences sacrées & profanes,
& qui selon toutes les apparences doivent estre fort recom-
mandables pour la sainteté de
leurs mœurs.

Ces Religieux qu'on appelle ordinairement les Peres Je-
suites

suites, ont soin d'élever la Jeuneſſe dans preſque toutes les Villes de l'Europe , & même dans les Indes , & il ſort des Seminaires qu'ils ont eſtablis, de tres-excellens eſprits. S'ils preſchent , le peuple court en foule écouter leurs Sermons, ils ſont les Confeſſeurs de preſque tous les Grands , de tous les Princes , & des Monarques de la Chreſtienté , qui leur découvrent avec leurs foibleſſes , leurs pechez & les vices où ils ſont enclins , & reçoivent à genoux devant eux, comme des Eſclaves , la penitence qu'ils veulent leur impoſer.

On pourroit dire , qu'eſtant les Arbitres des peines, ils ſont les Maiſtres des récompenſes,

I. *Partie*   I

Ils font habillez d'une longue vefte de laine noire qui leur defcent jufques fur les talons. Ils ne vont pas nuds pieds, mais tout ce qui compofe leur vétement eft fimple, ils obfervent une grande modeftie dans toutes leurs actions ; ils marchent avec gravité, ils ne vont jamais feuls, leurs cheveux font tres-courts, & ils ne laiffent point croiftre leur barbe ; ils font tres - appliquez à édifier les gens de bien, & à corriger les Scelerats.

Le Fondateur de cette Compagnie fut homme de Guerre, qui s'appelloit *Ignace*, les Efpagnols veulent qu'il foit de leur Nation, & les François foûtiennent qu'il eft de cette partie de la Navarre, qui eft sujete à la Couronne de France. Si tu veux que je te dise la verité , je croy que ce Fondateur estoit homme de bien, puisque tous ses Disciples sont gens d'un grand exemple , qu'ils ont une grande modestie dans leurs actions , & par tout une sagesse admirable.

Cet *Ignace* commença à trente sept ans à étudier la Grammaire, ce qui fait croire qu'il eut moins de peine à devenir Saint qu'à estre sçavant ; Ceux qui sont ennemis des bonnes choses appellent ses Disciples, *les Politiques de l'Eglise* ; & moy au contraire, je les nomme *les Chameaux d'Isaï*, parce qu'en portant tout le fais des affaires de la Religion , ils sont chargez plus que les autres , & forcez de plier fous le fais. Il y a un endroit qui paroift étrange en eux, on diroit qu'en fe nommant les Religieux de la Compagnie de J E S U S, ils ont eu intention de fe diftinguer des autres Chreftiens ; comme fi ce titre qui leur eft particulier ne devoit pas convenir, non feulement à tous les autres Religieux; mais à tous les Sectateurs du Nazaréen.

S'ils fuivent les preceptes de leur Pere Ignace, il faut que tu approuves leur maniere de vivre. Il n'a point enfeigné d'autre chemin pour parvenir à faire profeffion dans fon Ordre que celuy de l'obeïffance. Il ordonne, que ceux qui entrent dans cette Compagnie abandonnent leur conduite à

la difcretion de leurs Supe-
rieurs, & il foûtenoit que fi le
Pape luy avoit commandé de
paffer la Mer dans un Vaiffeau, fans rames, fans voiles, &
fans gouvernail, il luy auroit
obeï, & il auroit paffé. Et quelqu'un là-deffus luy ayant reproché qu'il y avoit de la folie à
cela, il répondit que la fageffe
devoit s'obferver dans les com-
mandemens, & qu'il ne la falloit pas chercher dans l'obeïffance. Fais reflexion fur cette
Sentence, qui eft toute conforme à nos Loix.

Pour te faire connoiftre la
grandeur & le pouvoir de cét
Ordre, il fuffit de te dire
que pendant feize ans que ce
Soldat, qui en a efté le Fondateur, l'a gouverné, il vit bâtir

I iij

plus de cent Colleges en Italie, en Allemagne, en France, en Espagne, & celuy de Rome, qui fut fondé par Borgia, a esté pour ainsi dire, le pere de tous les autres. Juge de là combien doit estre aujourd'huy augmenté le nombre de ses Maisons, & de ses Disciples Leur reputation s'est autant accruë par les calomnies & les persecutions de leurs envieux, que nostre sainte Religion est devenuë glorieuse par les blasphêmes de nos ennemis, & s'ils ont esté une fois chassez de France, & de Venize avec ignominie, ils y sont retournez avec beaucoup plus de credit, & de gloire.

M'estant un jour trouvé avec

un particulier de cette Compagnie qui fçavoit les Langues
Orientales, & qui en s'entre-
tenant avec moy, ne croyoit
pas parler à un Muzulman,
je luy entendis vomir des
injures, & des imprécations
épouventables, contre Ma-
homet, contre fa Loy, &
contre tous les Fidelles. J'ay
tant d'horreur de t'écrire tout
ce qu'il dit, que je ne t'en raporteray que tres-peu de chofe, & plûtoft pour te divertir par la connoiffance des erreurs de nos ennemis, que tu
ne dois eftre affligé des chofes peu raifonnables qui fe re-
marquent dans beaucoup de
preceptes de la Loy que nous
fuivons. Que cecy te foit dit,
comme fi je n'en avois point

parlé , je verſe librement le ſecret de mon cœur dans ton ſein , ne doutant nullement que tu ne ſçaches taire ce qui pourroit eſtre la cauſe de ma mort. Ce Jeſuite ſoûtient que les Muzulmans ſont peu ſenſez de ſuivre les preceptes d'un yvrogne qui deffendoit de boire du Vin , & qui en faiſoit des excés quand il n'é-toit pas obſervé. Il ſoûtient encore , qu'il y a de la folie d'avoir de la foy pour un Sacrilege qui a compoſé un Paradis plein de belles femmes, où l'on pourra s'abandonner à toutes ſortes de plaiſirs & de débauche , & qui n'a pas pre-vû un Enfer où il doit ſouf-frir la peine de ſes crimes avec tous ſes Sectateurs. Il ajoûte à cela qu'il faut eſtre encore plus fol d'adorer un Blaſphemateur qui a ordonné que ſa Loy ne fuſt deffenduë que par le glaive, parce qu'elle ne le pouvoit eſtre par la raiſon.

Le bon Pere ne s'en tint pas là , il dit que puiſque l'Alcoran eſt remply de réveries , de beſtialitez , de blaſphêmes & d'impuretez , il faut que les Muftis , les Docteurs & les interpretes de la Loy ſoient dans un grand aveuglement de ne pas condamner un Endiablé , un Sorcier qui a eſtably une Secte qui donne pour preceptes de ſa Religion, le viol & les vols, & tout ce qui peut ſatisfaire les ſens les plus déreglez ; qu'elle ex-

travagance ! me dit-il, d'adorer le talon d'un vil Efclave
comme Mahomet, & de croire
fur fon rapport |que le Pere de
Jacob luy fert de Portier, de
fanctifier fon Chameau, & de
le placer dans le Ciel. Il ajoûte
encore qu'il n'y a rien de fi
abfurde que d'ordonner aux
Turcs de fe laver le corps,
quand leur ame eft foüillée
d'ordures, de leur donner en
mefme temps l'aumône pour
precepte, & de leur confeiller
le larcin par devotion. Il luy
paroift auffi qu'il y a une folie
outrée de croire que Mahomet
eft l'unique Prophete, le feul
agreable à Dieu, & de jurer
aprés par 124. mille Prophetes. Il me tint toûjours de pa-
reils difcours.

Mais tout cela n'eft rien, ô
grand Dervis; il vômit encore cette damnable herefie que
les plus mefchans hommes qui
ayent jamais efté, & les plus
déteftables ont efté Judas,
Mahomet & Luther, que ces
deux derniers comme plus
fcelerats & impies font auffi
plus tourmentez dans l'Enfer.
Judas, dit-il, fouffre moins de
peine, parce que s'il trahit fon
Seigneur, il fut un des inftru-
mens du rachat de tous les
hommes; au contraire des autres qui en fe damnant eux-
mefmes damnent un' nombre
infini d'autres gens. Ce Jefuite
auroit pouffé fes blafphêmes
plus loin, fi le Cardinal de
Richelieu, dans l'antichambre
de qui nous eftions, n'eftoit

forty de fon cabinet pour aller chez le Roy.

J'avois toûjours gardé le filence, parce qu'il ne m'avoit pas laiffé un moment la liberté de parler ; mais enfin il me demanda en nous feparant, fi je n'eftois pas de fon fentiment, & je luy répondis précifement ainfi. Mon Pere, fi tu es homme de bien ; j'approuve ce que tu as dit, parce que tu feras un faint, & je def-approuve tout, fi tu es un hipocrite, parce que tu feras damné avec Mahomet, & tous ces Muzulmans.

Le Jefuite fe prit à rire, parce qu'il ne connut point le venin qui eftoit fous ma réponfe. Mais croy-tu toy, qui es un des Dervis le plus éclai-

ré , que l'homme puisse estre
heureux aprés la mort de quelque Religion qu'il ait pû estre,
s'il a vêcu en homme de bien.
Dis-moy de grace , ce que tu
penses là-dessus , c'est un point
fort important à décider.

Pour moy je commence ve-
ritablement à penser qu'il peut
y avoir des saints parmy les
Chrestiens , comme il y en a
parmi nous, j'ay veu & entendu
beaucoup de choses qui marquent la veritable pieté de
quelques-uns d'eux , & il faut
l'avoüer entre nous, les preceptes de leur loy ont quelque chose de tres - juste , & s'ils sont
bien observez, elle ne me paroist pas moins sainte que la
nostre. Il y a dans ces preceptes un article qui m'embarasse,

ces Chreſtiens ſouſtiennent
qu'il n'y a rien qu'une ſeule
verité. De ſorte que nous ſommes perdus , ſi nous ne ſommes pas Chreſtiens , ou ils
ſont damnez s'ils ne ſont pas
Mahometans. Voila ce que j'a-
vois à te dire ſur cette matiere , & je ne finis pas cét entre-
tien ſans qu'il me reſte de vio-
lens ſcrupules de conſcience.
Prie avec moy , le grand Dieu,
qu'il me veüille éclaircir par
des lumieres interieures juſques à ce que l'homme promis par noſtre ſaint Prophete ; l'homme , dis-je , qui doit
naiſtre de ſa Race , ſoit deſcen-
du ſur la Terre, qu'il voye tous
les Rois humiliez en ſa preſence, & qu'il accorde avec Jesus
les deux Religions enſemble,

de maniere qu'elles n'en com-
pofent qu'une feule.

Vivons cependant en gens
de bien , qui ont en horreur
le crime comme la pefte qui
emprifonne les ames , & atta-
chons-nous au veritable bien
autant qu'il fera en noftre pouvoir , & fur tout obfervons foi-
gneufement ce precepte écrit
dans le livre de la loy des Chrétiens qui n'eft pas toûjours im-
primé dans leur cœur. *Ne fais
jamais à autruy , non pas mefme
à tes ennemis , ce que tu ne voudrois pas qu'on te fift à toy-mefme.*
Un Duc de Guife en a don-
né l'exemple à toute la France,
& c'eft ce que tu dois prefcher
dans le vafte Empire des Muzulmans. Ce Prince furprit
un fcelerat qui le vouloit af

fassiner, qui avoüa que l'interest de sa Religion (qui estoit
celle de Calvin) luy avoit fait
former le dessein de luy donner la mort pour se délivrer
d'un grand ennemy & tous
ceux de son parti. Le Duc de
Guise au lieu de luy faire souffrir les peines que meritoit un
si noir attentat , se contenta
de luy parler ainsi , aprés luy
avoir pardonné. Si ta Religion,
mon amy, t'oblige à me donner la mort sans m'entendre,
la mienne m'oblige à te donner
la vie & la liberté aprés t'avoir
entendu, va t'en & tâche à te
corriger. Ce Prince estoit alors
General de l'Armée de Charles
IX. Roy de France.

Sage Brededin nostre Mahomet n'a jamais fait voir des sen-
timens

timens fi genereux, lors qu'il
écrivit dans fa Loy ce precepte contre les Chreftiens, qui
ne l'avoient jamais offensé.
Quand vous rencontrerez les In-
fideles, tuez-les & leur coupez la
tefte, faites les prifonniers, &
les tenez enchaînez jufques à ce
qu'ils ayent payé leur rançon, ou
que vous trouviez à propos de les
remettre en liberté. Perfecutez-
les jufques à ce qu'ils foient tous
foûmis, ou qu'ils foient entiere-
ment perdus.

Prens dans cette Lettre ce
qui te peut eftre de quelque
utilité, & fervir à ton repos,
pardonne à mon amitié la maniere libre dont je t'écris, &
reffouviens-toy dans tes prieres de Mahmut, qui contre-
fait le Chreftien, & qui eft

K

dans le cœur tres-fidelle Muzulman. S'il eſt en ton pouvoir de me ſecourir, ne me fais
jamais de mal. Que Dieu protege & gouverne ta vieilleſſe
juſqu'au dernier moment.

A Paris ce 15. de la ſeconde
Lune de l'an 1638.

LETTRE XII.

A GHIVRGI
Muhammet Baſſa.

 A Reine eſt devenuë groſſe, lorſqu'on s'y attendoit le moins, ce qui fait dire à tout le monde aujourd'huy que le Roy a ſurmonté ſa ſterilité. Et qu'enfin aprés tant d'années de mariage, il devindra Pere.

Toy qui as eſté ſi longtems

K ij

appliqué à l'étude de l'Aftro-
logie dans les efcoles d'Egi-
pte, qui fais encore profeſſion
de cét art divin qui te fait
voir les choſes les plus ca-
chées ; toy qui lis ſi ſçavam-
ment dans le livre du Ciel,
ce que les Aftres y ont
tracé ; toy qui as trouvé le
moment où ils naiſſent, & celuy où ils diſparoiſſent avec
les intervalles qui ſe trouvent
entre ces deux temps, & les
cauſes qui rendent leur mouvement plus promt, ou plus
lent, qui penetres dans les
ſecrets les plus cachez aux
hommes, & qui connois les
temps où les Campagnes doivent eſtre fteriles devant que
ce malheur arrive; Toy enfin
qui as predit des naufrages,

des victoires & des pertes de
batailles , devine au nom de
Dieu , grand Interprete des
secrets de la Nature, plus sage
qu'Albumazar , & que Ptolo-
mée, ce qui viendra de cette
grossesse , & s'il est vray que
cét enfant qui doit naistre ait
esté plus de deux cens septan-
te Lunes à se former.

Si tu crois que cette derniere chose que je t'écris soit
impossible , n'en parle point , il
ne seroit pas agreable pour
moy de passer pour l'auteur
d'une nouvelle qui n'auroit
nul fondement, & qui ne seroit peut-estre que l'effet d'une
vision.

La Ville de Paris est dans
une joye inconcevable , &
cette joye éclate de tous cô-

tez, tu peus voir de là, quelle
eſt la paſſion que ce peuple a
de voir ſon Roy Pere. Il eſt vray
que les François ont fort à eſ-
perer, mais il eſt certain qu'ils
ont encore fort à craindre de
voir tout d'un coup évanoüir
leurs eſperances.

La Nature fait ſon plus
grand effort, quand elle for-
me un homme, qui eſt la plus
parfaite de toutes les Creatures ; mais pour détruire cét
ouvrage avant qu'il ſoit achevé , & même quand il l'eſt
entierement, il ne faut qu'une
cheute fort legere. J'ay déja
entendu raiſonner beaucoup
de gens qui ſont fort en doute
ſur le ſexe, & ſur la vie de ce
qui naiſtra.

Toutes les converſations de

la Cour, de Paris, & de tout le Royaume ne font plus fur les Guerres, fur les Ligues, ou fur les Paix qu'on propofe, ni fur les Navigations, ni fur les autres affaires, elles roulent toutes fur l'accouchement d'une Femme. On fera bien-toft d'autres raifonnemens, dans la Chreftienté, & même parmy nous, fi la Reine ne fe bleffe point, ou qu'elle accouche heureufement, ou s'il y a un évenement contraire ; la France eftant auffi confiderable parmy les Royaumes, que les Bourbons font fameux parmy les hommes. Henry IV. qui a fait porter la Couronne à cette branche de la maifon de France, a efté un Prince fort belliqueux, si nous vivons assez pour voir ses petits enfans, nous éprouverons s'ils auront les vertus du Chef de leur Pere.

Pour toy, tu auras dequoy te divertir, & exercer ton talent, si cette Reine accouche heureusement d'un Prince. Je seray cependant fort exact à marquer, non pas les heures seulement avec les jours, mais les moindres minutes, afin que tu puisse connoistre par la situation des Planetes qui reglent d'ordinaire les inclinations des hommes, de quelle maniere un Prince si long-tems attendu en reglant ses affaires, reglera celles du Monde.

Il y a long-tems que nous n'avons

n'avons eu icy de commerce
avec le Soleil, il y a quaran-
te-neuf jours que ce bel Aftre
n'a paru, & le froid eft fi rude
qu'il a (pour ainfi dire) changé en Cryftal les eaux de la
Seine, qui eft une grande riviere. Ne prens pas les effets
du froid, pour des effets extraordinaires de la Nature qui
precedent la naiffance des
Rois ; il arrive affez ordinairement icy, que pendant les
jours les plus courts, le froid
eft tres-violent, & qu'on n'y
voit que rarement le Soleil.
Tu fçais outre cela, que ce
climat eft fort inconftant. J'ay
vû fouvent dans un fort petit efpace de tems, pleuvoir,
grefler, neiger, & faire des
vents terribles, & puis l'air

devenir beau & serein. Cette inconstance du Climat ne laisse pas d'avoir ses commoditez, parce que si le beau tems dure peu, le mauvais n'est pas aussi de longue durée.

Ne manque pas dés que tu auras reçu ma Lettres, de faire part au grand Visir de la nouvelle que je te donne, sans toutefois luy communiquer les reflexions que je fais ; ce sont des choses inutiles à dire à ces grands Ministres, particulierement par nous autres, qui ne sommes aprés d'eux que de vils Esclaves, toûjours soûmis aux Arrests qu'ils prononcent. Aime-moy ? & consulte les Estoiles pour apprendre si tu me seras toûjours fidelle, & si ce

fera par force , ou par inclination.

Pour moy je t'affure, qu'en
fuivant le penchant de mon
cœur , je te conferveray la
fidelité que je te dois par
obligation.

A Paris le 28. de la troifiéme
Lune de l'année 1637.

LETTRE XIII.

A CARCOA
de Vienne.

E Kaimacan m'a ordonné d'envoyer promptement au Grand Seigneur les Portraits du Roy de France, du fils aîné du Prince de Condé, & du Cardinal de Richelieu, je les ay fait copier promptement sur l'original d'un Peintre Italien, qui passe pour

le meilleur du siecle.

Ces trois testes sont les principales de la France, & on peut dire de l'Europe; la premiere à cause d'un grand & puissant Royaume, qui est aujourd'huy plus florissant que tous les autres ; la seconde à cause de la noblesse de son sang Royal, & par les esperances que donnent un esprit, & un courage font au dessus de l'ordinaire ; & la troisiéme, par une sage conduite dans un Ministere plein de difficultez, où ce Cardinal se gouverne, de maniere qu'il est comme le Maistre absolu des peines & des recompenses.

Aussi tost que ces Portraits auront esté remis entre tes mains, entiers & bien condi-

L iij

tionnez, tu donneras au Courier que je t'ay dépefché exprés la fomme contenuë dans le billet qu'il te prefentera de ma part, tu envoyeras aprés le pacquet à Conftantinople fans perdre de temps, & tu l'addrefferas au Kaimacan.

Je te prie de faire en forte que je n'aye pas à defirer le payement de ma penfion, envoye-moy promptement ce qui m'a efté ordonné pour ma fubfiftance, rien ne me paroift fi honteux dans le monde que d'eftre obligé de demander.

Il ne me refte plus d'argent que pour fix jours, quand même je ne me nourrirois que d'herbes cruës & d'eau, l'un

& l'autre couste icy de l'argent, & tout s'y vend fort cher, hors les civilitez & les paroles obligeantes qui ne coûtent rien, & dont on fait de grandes liberalitez. Il faut vivre, il faut s'habiller, je dois aller à la Cour, & il faut pour cela avoir du pain, de la farge ou du drap, & payer aussi des Carrosses, ou des Chevaux de loüage.

Tu sçais presentement mes besoins, ne me laisse pas languir dans la necessité. Tu feras une injure à l'Empereur, & non pas à Mahmut, si tu ne donne un prompt secours à son Esclave.

Que le grand Dieu conserve ta vie si tu ne m'oublies pas, & te fasse la grace d'estre

L iiij

fobre dans un Païs où l'on ne boit pas toûjours du vin pour étancher la foif.

A Paris le 2 . de la troifiéme Lune de l'an 163.

LETTRE XVI.

A GUILLAUME Vopfel, Chrêtien d'Autriche.

E te fuis obligé de la confiance que tu as en moy, de me vouloir declarer tes pertes, & je prens part à la nouvelle acquifition que tu as faite. Un autre auroit eû de la joye en apprenant tes deux avantures; mais comme je ne

croy pas que ce ſoit un grand
mal d'avoir perdu ſa femme,
de meſme je ne penſe pas que
ce ſoit un bien conſiderable
de s'eſtre fait Moine.

Il m'eſt impoſſible de m'empeſcher de te dire que je
trouve ta reſolution trop prom-
te pour la pouvoir appouver,
tu n'és point cauſe de la perte
que tu as faite, & tu te reti-
res dans un Convent pour en
faire Penitence , comme ſi
c'eſtoit une faute que tu euſſes
commiſe.

Faut - il faire ſouffrir ton
corps pour la mort de ta femme, ſi tu ne l'as pas fait mourir?
Si tu l'aimois parce qu'elle
eſtoit ſage, il n'eſtoit pas impoſſible d'en trouver une autre
de même. Si ton amour ve-

noit de sa beauté, on en trouve assez qui plaisent ; mais si
tu t'ennuyois d'estre mary ,
pourquoy te lasse-tu d'estre
vœuf ? Dis-moy, que feras tu
presentement dans le Convent
où tu t'és renfermé ? les Carmes
sont sages à la verité ; mais ils
ne sçavent pas toutes choses.
Il est vray qu'ils ont beaucoup
de devotion, mais ils ne sont
pas exempts de pechez ; ils
sont hommes enfin , &
sont trop austeres : comment
pourras-tu si-tost t'accoû-
tumer au genre de vie que tu
choisis , & devenir tout d'un
coup chaste & sobre ? Pour
moy qui suis Chrestien comme toy , & qui suis plus retenu dans les plaisirs que tu
n'as esté jusques icy , je ne

comprens pas ce que je voy
dans l'Ordre où tu es entré,
& je ne puis me figurer comment un homme pieds nuds,
fans chemife, vêtu d'un gros
habit de laine, qui n'eft point
le Maiftre d'un Royaume, &
qui n'a point de forces, commande abfolument, non feulement à un autre homme,
mais à plufieurs, qui obeïffent
aveuglément à ce qu'il ordonne. Pour mieux vivre dans ta
Religion il faut jeufner, on ne
pardonne pas les moindres fau-
tes, il faut remercier alors
qu'on eft offencé, enfin on y
trouve un combat affuré &
continuel, & il n'y a geure
de certitude pour la couronne
qui en doit eftre le prix. Ton
plus grand amy eft obligé de

te trahir, & d'estre ton accu-
fateur, & on te privera pour
ainsi dire des élemens pour
te faire plus fouhaiter l'ufage
de l'eau, de l'air, du feu &
de la Terre. Je ne puis me
perfuader qu'il faille tant de
chofes pour eftre faint, &
quand tu aimeras Dieu autant
qu'il eft en ton pauvoir, &
que tu pafferas tous les jours
comme fi tu devois mourir,
je fuis perfuadé que tu vivras
& mourras en jufte. Fais-moy
réponfe, & m'apprens fi ce
que je t'écris eft conforme à
la droite raifon, ou fi je me
trompe dans mon opinion.
L'amitié que j'ay pour toy
m'oblige à t'écrire comme je
fais, & à te dire tout ce que
je penfe fur ce qui te regarde,

parce que lors que tu auras pris ta derniere refolution, j'aimeray beaucoup mieux te voir fouffrir avec fermeté tous les maux poffibles, que de te voir changer honteufement. Il y a beaucoup de gens qui font fortis avec confufion des lieux où ils eftoient entrez comme en triomphe, & combien le defefpoir a-t'il fait faire de folies qui paroiffoient des actions de pieté, qu'on n'auroit jamais entrepris, fi l'on avoit efté dans fon bon fens?

Nous voyons dans nos hiftoires que beaucoup de grands hommes fe font fait circoncire pour avoir du commerce avec les Juifs, & s'inftruire dans leur doctrine, tant ils trouvoient leur ancien Temple magnifique, venerable, saint & plein de Majesté. Nous lisons encore que Pytagore s'habilla de blanc, & demeura quelque temps parmy les Solitaires du Mont-Carmel pour apprendre les misteres de leur Religion. La curiosité fut la cause du voyage de ce grand homme, comme l'ignorance avoit fait choisir le mesme party aux autres. Ce n'est point l'envie de t'instruire qui t'a fait entrer dans le Convent, l'affliction de la perte que tu as faite, t'a fait prendre cette resolution, prens garde à n'en pas sortir par un repentir qui seroit un excés de folie. Les Juifs sont à present vagabonds,

fans Loy , fans Royaume &
fans Autels , & felon l'Alcoran ils font devenus les Afnes
qui tranfportent en Enfer les
ames des mauvais Mahome-
tans. Qui fçait ce que devien-
dront les Carmes ? Ils difent
qu'Elie n'eft pas mort , & qu'il
doit revenir fur la terre combattre des gens qui s'éleveront
pour apporter du trouble parmy les hommes par l'établiffe-
ment de quelque nouvelle
Religion. Demeure toûjours
où tu es , ou retourne promptement où tu eftois, de crainte que fi aprés y avoir trop
demeuré, pour en fortir dans
les formes , tu ne commettes
une faute que Dieu te pardon-
nera mal-aifément ; ce qui
t'arrivera fans doute fi tu es
perfuadé

persuadé que tu ne sçaurois trouver le chemin du Ciel qu'en t'éloignant des embaras de ce monde.

Si tu trouves que je ne te parle pas bien, fais mieux, mais sur tout gouverne toy de sorte que Dieu ne te reprophe pas un jour qu'un Moldave t'a donné de bons avis, & que tu les as méprisez. Le plus mauvais des Turcs te pourroit donner les conseils que je te donne comme un bon Chrétion, & ce ne seroit pas une chose estonnante que tu en reçeusses de meilleurs d'un Mahometan. Ces Barbares sont assez instruits de la Morale pour enseigner aux autres ce qu'ils ne pratiquent pas toûjours eux-mesmes. La vertu

M

& la verité font refpectées par tout. Tourne toy de l'Orient à l'Occident ; du Midy au Septentrion , tu découvriras de tous coftez des impies qui blafphement contre la Divinité ; mais la veritable vertu a cela de fingulier qu'elle eft toûjours reverée , & mefme des hommes les plus perdus.

Confulte encore une fois tes forces avec ton courage, & prens une meilleure refolution , fi tu n'es pas encore bien affermy dans la premiere. Tite te faluë de ce monde cy , & prie le Ciel qu'il te donne les plaifirs des bienheureux dans ta folitude fi tu n'es point un hipocrite , & fi tu n'eft point encore repenty

de la refolution que tu as pri-
fe.

A Paris le 27. de la troifiéme
Lune de l'an 1638.

M ij

LETTRE XV.

A IBRAHIM Turc, qui a renié la Religion Chrestienne.

U as renoncé à ta Religion, ou pour sauver ta vie, ou par quelque autre consideration. Je ne te dis pas cecy pour te faire naistre des scrupules ; mais en qualité de Resident en ce Royaume pour y servir le Sultan Empereur des

deux Mers , & des deux parties de la Terre , Diſtributeur
de toutes les Couronnes , de la
Majeſté de qui je prie Dieu
qu'il faſſe durer la grandeur
juſques au dernier jour du Jugement univerſel , je t'avertis
de prendre garde à ne pas ſol-
liciter ces Infidelles , dont tu as
abandonné la Religion , à recourir au meſme changement
que tu as fait.

Tu as écrit à ton frere qu'il
eſt devenu gueux , parce qu'il
renie ſon Dieu mille fois quand
il eſt au jeu , & que tu es preſentement fort riche pour l'a-
voir renié une ſeule fois , &
tu l'exhortes par là , à ſe faire
de la Religion des Muzul-
mans.

J'ay crû qu'il eſtoit bon de

t'écrire qu'on ne gagne pas les ames avec une Lettre, & une mauvaise plaisanterie. Songe à devenir homme de bien aprés le changement de Religion que tu as fait, & ne donne pas occasion aux Marseillois de dire que tu es un infame, parce que tu as renié ta foy, & que nous sommes des gens perdus, parce que nous sommes Mahometans. Si tu ne profites de l'avis que je te donne, je seray obligé de faire sçavoir à la Porte ce qui sera venu à ma connoissance, & j'en auray de la peine, parce que tu en pourras souffrir quelque mal.

Que le grand Dieu te

faſſe plutoſt devenir ſage qu'heureux.

A Paris le 28. de la troiſiéme Lune de l'an 1638.

LETTRE XVI.

A DICHLU Huffein Baffa.

COMME la connoif-
fance que j'auray
des affaires s'au-
gmentera tous les
jours, j'auray une plus grande
maniere d'écrire, & je ne negli-
geray aucune occafion de remarquer ce qui fe paffe, dont je
donneray avis auffi - toft. Toy
qui

qui regarde avec beaucoup
d'applicarion ce qui se passe
parmy les hommes , & qui
veux sçavoir les affaires les
plus secretes des Potentats, tu
dois observer qu'il y a des inimitiez plus violentes entre les
Princes Chrestiens de l'Europe,
que parmy les autres Princes
du monde.

Je ne sçaurois comprendre,
d'où vient que ces Infidelles
ne peuvent vivre en paix , &
peut-estre ne le comprennent-
ils pas eux-mesmes. Il semble
que ce soit un decret de Dieu,
que l'homme soit toûjours
contraire à l'homme , & que
pendant qu'il y aura des Royaumes il y ait des Guerres & des
inimitiez.

La Guerre qui se fait pre-

I. Partie. N

lentement en Alface, paroift devoir eftre de longue durée. La mort de Guftave Adolfe Roy de Suede, le fecond fleau des Imperiaux, qui fut tué il y a fix ans, n'a point terminé les differends de l'Allemagne, ils font plus grands que jamais ; & on reconnoift dans les nouveaux Generaux des Armées, des deffeins encore plus vaftes que ceux de leurs predeceffeurs ; peut-eftre veulent-ils vanger la mort de Guftave, qui fut tué, non pas comme écrivent les Chrêtiens, mais par un des quarante Allemans qui avoient fait ferment de ne quitter jamais l'épée qu'ils ne luy euffent donné la mort, ainfi que le racontent les Autheurs Turcs.

Bernard Duc de Veymar, qui n'a pas moins de courage que Guſtave, commande les reſtes de l'Armée de Suede, avec un bon nombre de braves Troupes Françoiſes; & beaucoup de Chreſtiens heretiques d'Allemagne. La Victoire accompagne les Armes de ce General, & les Princes qui ſont unis à la deffenſe de l'Empire, commencent à craindre un Capitaine, qui ſuit beaucoup moins les regles de la Guerre que les mouvemens de ſa valeur qu'on voit toûjours ſecondée de la fortune; mais il ne s'apperçoit pas qu'en travaillant à affoiblir un Empereur, il augmente les forces d'un Roy qui joüira du fruit de ſes peines, & l'aneantira malgré ſa

N ij

bravoure, dés-lors qu'il le voudra. Cependant je suis persuadé qu'il est de nostre interest que le Veymar soit toûjours victorieux : on peut dire de luy, qu'il a vendu à la France jusques à sa gloire, & qu'il ne s'est reservé que l'Esperance.

Tout ce que ce Duc pourra prendre aux Allemans sera pour le Roy de France, qui luy fournit des troupes, des armes, & de l'argent, avec de sages instructions qu'il luy envoye soigneusement. Le Cardinal de Richelieu qui est habile homme, ne manque pas aussi de faire en sorte que son Maistre soit persuadé, que les places que Veymar prendra dans l'Empire avec l'Armée

qu'il commande , font deuës
à fes Confeils, & à l'argent
des François , qui commencent
à conferver leurs conqueftes ,
& qui fçavent bien deffendre
les terres qui font fujettes à
leur puiffance.

Ce Prince fait des progrés ,
qui font à la verité plus impor-
tans qu'ils ne paroiffent confiderables par leur grandeur , il
a pris quafi auffi-toft qu'affiegé
Rinfeld , place forte , fituée
prés de la foreft noire , où il
y avoit une forte garnifon ,
avec abondance de toutes fortes de munitions.

Jean de Vert , General de
l'Armée Imperiale la fecourut
avec neuf Regimens de Ca-
valerie, & cinq mille hommes
de pied , il battit le Duc de

Veymart dont la Cavalerie fut défaite, avec perte d'une partie de son bagage & de son Artillerie, & le Duc de Rohan, grand Capitaine & homme d'Eſtat y fut bleſſé, & pris en combattant ; & la Ville fut enfin ſecouruë d'hommes & de munitions de Guerre & de bouche, ce qui en a rendu la priſe plus glorieuſe.

On écrit que dans un autre combat qui a precedé la reddition de la place, deux Generaux du party de l'Empereur, le même Jean de Vert qui y avoit jetté du ſecours, & Enhenfort ont eſté faits priſonniers avec le Duc Savelli, aprés avoir combattu en vaillans hommes ; on a pris avec eux plus de cens Officiers, deux mille hommes d'Infanterie, & douze cent Chevaux, qui viennent à faire trente-huit Cornettes & dix-huit Enseignes. Ces dépoüilles ont esté gagnées par le sang des Suedois, & envoyées au Roy de France, qui aprés les avoir fait porter par les ruës de cette grande Ville de Paris, les a fait suspendre comme des meubles sacrez dans les voûtes de l'Eglise principale, où je les ay veuës, & où je les ay considerées comme des marques du triomphe de la politique, & du ministere. Le siege de cette place n'a duré que dix-huit jours.

Le Duc de Veymar est entré aprés cette Victoire dans le Marquisat de Dourlac, & il

N iiij

y a pris le Chafteau de Rote-
len, deffendu par le Roy de
Hongrie, où il a trouvé une
grande abondance de vivres,
& de toutes fortes de munitions, ce qui a fort fervi à raf-
fraichir l'Armée qui en avoit
befoin.

Pendant ce temps-là le Duc
Savelli s'eft échapé de fa prifon,
& s'eft retiré à Luzerne chez
les Suiffes. On a accufé les Officiers qui le gardoient d'avoir
favorifé fon évafion, & on leur
a fait couper la tefte.

Tout ce que je t'ay écrit,
eft affuré, & tu peux faire enregiftrer mes Lettres, faffe le
grand Dieu que Brifac tombe
bien-toft avec toute l'Alface,
entre les mains des François,
& que l'Empereur d'Allema-

gne reçoive toutes les loix des Ofmans. Tu vois le temps arrivé où les François font des conqueftes, fans mefme qu'ils y foient prefens. Le Roy de cette Nation ne paroift pas feulement heureux ; mais il l'eft en effet, tout luy réuffit. La groffeffe de la Reine fa femme, & la tefte du Cardinal qui eft fon principal Miniftre, donnent fort à penfer aux Efpagnols, à l'Empire, & mefme à l'Italie. Ce qui en arrivera, il n'y a que Dieu qui le fçache & Mahomet. C'eft à nous à nous humilier, & à dire ce que nous voyons, & nous ne devons pas avoir la témerité de vouloir penetrer jufques dans l'avenir.

Fais en forte par tes intrigues d'augmenter les pertes des Allemans, pour les raiſons que tu ſçais, & particulierement pour faciliter les conqueſtes du Sultan dans la Hongrie. Aſſiſte cependant le pauvre & fidelle Mahmut, non pas avec l'épée qui tranche toutes choſes; mais par un bon conſeil, par qui d'ordinaire on voit réunir ce que l'épée avoit ſeparé, & je prieray le Tres-haut que tous les Infidelles plient les genoux devant Amurath, & que tout ce qui reſpire ne joüiſ-ſe de la vie que par un effet de ſa clemence.

A Paris le 20. de la quatriéme Lune de l'an 1638.

LETTRE XVII.

A AHMET BEIG.

I E ne reçoy point de tes Lettres, je n'en reçoy point du Divan, & je n'en ay aucune de mes amis.

L'Italie où il y a tant de peu-ples propres à la Guerre, cet-te Province qui a commandé à tout le monde, est aujour-d'huy troublée par les Armes des François. Le Pape & les Venitiens qui paroiſſent y avoir le principal intereſt, ne font aucune démarche pour détourner l'orage dont elle eſt menacée. Le Piémont qui appartient au Duc de Sayoye commence à ſentir les incommoditez que la guerre porte toûjours avec ſoy : Cét etat eſt au milieu des Eſpagnols qui l'attaquent, & des François qui le ruinent en le voûlant deffendre.

Ces derniers ne peuvent abandonner les intereſts de la Maiſon de Savoye, la Ducheſſe eſt ſœur de leur Roy, & ſes enfans ſont ſes Neveux. Les François ſe trouvent déja bien forts de ces coſtez-là, aprés avoir mis une groſſe garnifon dans Pignerol, place confiderable, qu'on appelle une des portes d'Italie, dont ils font les Maiftres depuis l'année 1631. & leur puiffance s'augmentera beauçoup avec le Fort de Brême, qui eft pour ainfi dire, un rempart qui couvre Cazal, & Vercelle avec tous les environs, & qui deffend encore le Monferrat & le Piémont.

Le Marquis de Leganez, Gouverneur de Milan, s'eftant rendu Maiftre de la Campagne voifine, avoit mis le Siege devant Brême, & le Marefchal de Crequy ayant pris au nom du Roy fon Maiftre, fa deffenfe du jeune Duc de Savoye, s'étoit oppofé aux deffeins des Efpagnols. On croit que la Guerre fera cruelle en cét endroit, parce que ceux-cy font fort puiſſans, & les autres fort a-guerris.

Tu apprendras ce qui ar-rivera. Cependant toutes les affaires des François ne paroiſ-fent pas avoir un ſuccés heu-reux en Italie, & à l'heure que je t'écris la Cour pleure la perte du General qui com-mandoit fes armes en ce païs-là.

On a eu avis aſſuré de la mort du Mareſchal de Crequy, qui a eſté emporté d'un coup de Canon au milieu du corps, en allant reconnoiſtre les travaux des Eſpagnols devant Brême. Les François en ont d'autant plus ſenti la perte, que leurs

ennemis en ont fait de grandes
réjoüiſſances.

Tout le monde convient
que ce Crequy eſtoit un homme qui eſtoit également Soldat & Capitaine, & d'ailleurs
homme ſage & de bon con-
ſeil.

Il avoit acquis une grande
reputation au Roy ſon Maiſtre
en Italie. Il tua à la veuë de
deux Armées Dom Philippe,
Baſtard de Savoye, qui l'avoit
appellé en duel. Il avoit pluſieurs fois défait les ennemis de
ſon Souverain en Lombardie,
dans le Montferrat, & dans le
Piémont, & mené battant le
Duc de Feria juſques dans les
portes de Milan. Il ne reſte
plus de ce grand homme qui a
fait tant de belles choſes, que

le souvenir que quelques gens en ont, & celuy qui en fera conservé par peu d'Historiens.

Il n'est presque rien resté de son corps à ses Soldats que ses entrailles pour luy faire des obseques, son ame est devant le Thrône de Dieu, ses amis honorent sa memoire par leurs éloges, ses parens le pleurent, son Souverain luy donne des loüanges, & ses Soldats couronnent son tombeau d'herbes & de fleurs.

Les Italiens disent hautement en cette occasion que l'Italie a toûjours esté funeste aux François, & qu'elle le sera toûjours; ils soûtiennent que le Duc de Savoye perdra son Estat, s'ils sont défaits par leurs

leurs ennemis, & qu'il le perdra de mesme s'ils ont l'avantage ; mais ce sont des con-
jectures & des raisonnemens
qui se font, que je t'écris,
afin que tu sçaches non seulement ce qui se fait, mais aussi
les discours qui se tiennent sur
les évenemens qui arrivent.
On aura bien-tôt des nouvelles
du Siege de Brême : Cependant
il importe fort aux François de
se conserver l'opinion qu'on a
de leur valeur & de leur bonté.

Il s'agit de deffendre une
grande & illustre Maison qui
se dit encore souveraine
du Royaume de Chypre,
troublée par l'ambition des
parens, & par la politique des
Espagnols. Ces engagemens
importent fort à des Princes

O

qui ont autant de maximes,
qu'ils ont d'interefts differens,
ce qu'on peut dire qui va à l'infini; mais nous n'avons que faire des differends des autres.

Plaife, au Seigneur, que nos
affaires foient toûjours accom-
pagnées d'un égal bon-heur
pour la ruïne de ces Infidelles.
Toy, fois conftant dans l'amitié que tu m'as promife, & fois
toûjours fidelle à ton amy qui
fe recommande à toy, comme
la Loy t'oblige de l'eftre à ton
Souverain.

A Paris le 20. de la quatriéme
Lune de l'an 1638.

LETTRE XVIII.

A BERBER
Mustafa Aga.

J'Ay aujourd'huy entretenu un homme qui revenoit d'Italie, & qui a servi dans les Troupes du Roy de France, il rapporte ainsi la mort du Mareschal de Crequy.

Le 17. de ce mois ce General s'estant approché des lignes des Espagnols pour recon-

noiſtre leurs travaux, & pour
les combattre en cas qu'il le
jugeaſt à propos, un coup de
Canon luy ſepara le corps en
deux, & quelques gens ayant
trouvé le boulet furent ſurpris
de voir deſſus une Croix gravée, autour de laquelle étoient
auſſi gravées des Lettres, qui
toutes enſemble faiſoient ces
mots, A CREQUY. Ce boulet,
cette Croix & ces Lettres ne
cauſerent pas moins d'étonnement que la mort de ce Capitaine avoit donné d'affliction,
& chacun là-deſſus dit ſon ſentiment.

Il y en a beaucoup qui trai-
tent les Eſpagnols de Magi-
ciens & de Sorciers: Ceux qui
ſont perſuadez du pouvoir de
la Negromancie ſoûtiennent

que le Diable peut porter une bale dans l'endroit où il luy a esté ordonné ; les autres font d'un fentiment contraire , & ne croyent pas qu'il ait aucun pouvoir fans un commandement exprés du grand Dieu. Il y en a encore qui ne croyent ni à paroles , ni à caracteres, ni à Magie, & qui méprifant toutes ces fuperftitions , attribuent tout au Deftin , & je croy la même chofe. C'eft ce qu'a parfaitement bien expliqué Ahmet Celebi dans fon Journal , qui commence dés l'année 1026. de noftre Egire , quand il affure que tout ce qui fe paffe icy bas ne fe fait que par les ordres du Ciel. Nous ne pouvons douter, dit-il, que tous les

évenemens que nous voyons,
ne foient des effets de la volonté de Dieu; mais il ne faut pas
douter qu'il ne laiffe agir auffi
les caufes fecondes.

Si le Sultan Ofman n'euft
point irrité les Janniffaires &
les Saphis en les faifant jetter
tout vifs dans la Mer, quand
il alloit déguifé par les ruës
de Conftantinople, & qu'il les
trouvoit dans les Cabarets, qui
beuvoient du Vin , & qu'il
n'euft pas publié le deffein qu'il
avoit de reformer cette mili-
ce, & de tranfporter ailleurs le
Siege Imperial , il ne feroit
peut-eftre pas mort avec tant
d'ignominie.

Dieu luy envoya avant fa
mort un fonge terrible. Il
crut voir noftre grand Pro-

phete qui luy arrachoit des mains l'Alcoran qu'il lifoit, & le dépoüilloit avec violence de fa Cotte - d'Armes & qui le fit cheoir à Terre, fans qu'il puft s'en relever, quelque effort qu'il fit, aprés luy avoir donné un foufflet. Si tu t'en fouviens, tu fçais qu'il confulta les Interpretes des fonges & es lAftrologues. Je ne rapporteray point ce que dit celuy qui avoit efté fon Precepteur, parce que ce fut une flaterie; mais on vit arriver ponctuellement ce qui avoit efté predit par les Aftrologues. Ceux-cy avoient afuré que le Sultan ne verroit point la Fefte du Ramezan, parce que l'étoille qui avoit prefidé à fa naiffance, fe trouvoit

fort obfcurcie dans fa conjon-
&tion avec la planette qui re-
gnoit alors, & ils foûtenoient
qu'il mouroit bien-tôt. L'ignominie dont fa mort fut accompagnée, fut encore un effet du
Deftin, & jamais aucun des
Ofmans ne fouffrit tant de
honte. Il vit plufieurs fois le
cordon fatal à fon col fans
mourir, un Soldat luy prefta
par charité un mouchoir pour
fe couvrir la tefte qui eftoit
fans Turban.

Il difoit en pleurant
à fes Meurtriers ; Vous avez
vû ce matin voftre Empe-
reur fur le Trône, & ce
foir vous le jetterez dans un
Tombereau deftiné à porter
les ordures à la Mer ; mais
vous ne vivrez pas toûjours,

&

& Dieu vous demandera raifon de voftre cruauté. Tu
fçais que la refiftance qu'il
fit à ceux qui l'eftranglerent
fut caufe qu'il fouffrit beaucoup ; on le prit aux parties
honteufes , & on luy coupa
une oreille , qu'on porta à la
Validé qui attendoit la nouvelle de fa mort. On voit dans
cette avanture la volonté de
Dieu, & on voit auffi le pouvoir des caufes fecondes. Tu
verras tout cecy dans le même Journal d'Ahmet. Si le
Marefchal de Crequy n'avoit
point efté à la Guerre, il n'auroit pas , peut-eftre , fini fes
jours par une mort violente.
Et s'il n'avoit pas eu la témerité de s'approcher fi prés des
travaux des ennemis , le bou-

I. Partie.   P

let fatal qui le tua, ne l'auroit
pas touché.

On voit en cela un effet
de la volonté de Dieu accompagnée de noftre confente-
ment, parce que nous cher-
chons par noftre choix ce que
nous pourrions éviter. Cependant ne m'accufe pas d'ignorance, ou de fuperftition, fi je
t'entretiens fi long-temps fur
une matiere où il s'agit de
l'homme & du Diable Tu
fçais affez d'ailleurs que par
l'art magique nous contons
les douze Efprits ou Anges
qui prefident à chacun des
fignes du Zodiaque, & qui
gouvernent les regions entie-
res, les Peuples & les Villes
qui font commifes à leurs
foins. De mefme que dans

la cabale secrette des Juifs,
par les douze Anagrammes du
grand nom de Dieu, & se-
lon la couleur de la pierre où
l'on gravoit ces Anagrammes,
on jugeoit de l'avenir, & on
faisoit encore des choses éton-
nantes. On a assujetty nostre
corps à ces douze signes, &
on l'a divisé en douze mem-
bres principaux ; Mais combien de choses singulieres fait-
on avec le nombre de sept,
auquel on a rapporté les sept
Planettes, par le moyen des-
quelles on découvre le secret
de la bonne, ou mauvaise fortune des hommes ; Ajoûte à
cela l'invocation des Esprits,
& le pouvoir des figures, des
paroles, des herbes, des écri-

tures , & des caracteres faints & de tant d'autres enchante- mens avec lefquels on con- fulte les Anges noirs , & tu verras que l'homme fait un grand nombre de merveilles par cét art , qu'il ne pourroit faire fans un fecours furnatu- rel.

Les petits morceaux de pa- pier coupez en triangle que TOKTA KAM Ambaffadeur du Roy de Perfe fit-jetter de nuit autour du Pavillon Imperial du grand Vizir Afis , dans cha- cun defquels il y avoit une parole écrite, firent bien des effets plus confiderables que le boulet enchanté des Efpa- gnols, qui porta la mort au Marefchal de Crequi. L'armée des Ottomans se revolta le jour suivant, comme si elle avoit esté possedée de fureur, les plus seditieux prirent & lierent le Vizir Asis, & l'obligerent à lever le Siege de Babylone, & le Roy de Perse qui avoit déja congedié Mustafa Aga nostre Envoyé, avec le traité, par lequel il cedoit cette place, ayant esté averty du depart precipité de nostre Armée, fit aussi-tôt rappeller Mustafa, il déchira le traité qu'il luy avoit donné en sa presence, & luy ordonna de raporter à son General qu'il feroit une action trop honteuse s'il rendoit une place aussi importante à une armée qui fuyoit.

As-tu jamais rien oüy de ſi
eſtrange ? Lis le livre de cét
Amet Celebi , & tu verras
que tous ces prodiges ſont arrivez en un meſme jour.
L'Hiſtorien ne fait aucun jugement ſur cette avanture, il
la raporte ſeulement , & je ne
croy pas que ce fuſt un effet
du ſeul enchantement de ces
morceaux de papier , & des
caracteres qui y eſtoient, parce qu'il eſt certain que noſtre
Armée eſtoit déja fort preſſée
par la faim. Mais en effet,
quand Muſtafa eut reproché
en pleurant au Viſir , que s'il
avoit gagné deux jours de
temps, il faiſoit une paix qui
valoit une Victoire , Afis luy
répondit ainſi. Comment au-

rois-tu fait avec tes larmes
pour retenir une Armée possedée de tous les Diables reso-
lus à partir.

Si tu acheves de lire une Lettre si ennuyeuse, accuse ta pa-
tience, & ne me reproche point
d'estre fâcheux pour t'avoir
écrit beaucoup de choses dignes d'estre sceuës. Aprés la
mort du General de France,
Brême se rendit aussi-tôt aux
Espagnols par la lâcheté du
Commandant, qui a éprouvé
à son tour une destinée rigou-
reuse. On luy a fait couper le
col à Cazal, où il fut d'abord
arresté prisonnier.

Que le grand Dieu te con-
serve toûjours & les tiens aussi,
& te protege contre la mau-

vaife volonté de ceux qui ne
t'aiment pas.

A Paris, le 2 0. *de la quatriéme*
Lune de l'an 1638.

LETTRE XIX.

A MURAT, Baſſa.

A Ducheſſe doüairiere de Savoye ſe trouve extrémement preſſée par les continuelles courſes que font les Eſpagnols dans le Piémont, ils ont mis le Siege devant Vercelle, place qui couvre le païs du coſté du Milanois.

Elle - meſme eſt montée à Cheval avec un courage incomparable, tres-resoluë de recouvrer ce qu'elle a perdu, aussi bien que de deffendre le reste qui court grand risque de l'estre, & elle a joint avec beaucoup de diligence ses meilleures Troupes à celles des François.

Un Cardinal qu'on nomme le Cardinal de la Valette, commande en la place du feu Mareschal de Crequy les Troupes de France, qui sont de douze mille hommes de pied, & de quatre mille Chevaux.

Tu ne sçauras pas peut-estre ce que c'est que des Cardinaux, aprés-le donc. Ce sont les principaux Prestres de l'Eglise Romaine. Leur profession n'est pas de commander des Armées ; mais cela leur arrive quelquefois, ou par les befoins qu'ont ces Rois Infideles de fages Ca-pitaines , ou pour d'autres rai-fons fecretes , qu'il n'eft pas toûjours aifé de penetrer , & qu'il faut qui foient fort im-portantes. La France ne man-quant pas de braves Seculiers. Un Pape qu'on appelloit In-nocent IV. donna des habits de pourpre à ces Preftres-là , & les obligea à porter des chapeaux , des calottes & des bonnets rouges , afin que cet-te couleur les fift fouvenir qu'ils doivent eftre toûjours prefts à verfer leur fang pour le fervice de l'Eglife, & pour la Religion.

J'ay oüy dire qu'il n'y en avoit autrefois que vingt-cinq, on dit que le nombre s'eſt preſentement augmenté juſques à ſoixante & douze, qui eſt le meſme nombre des Diſciples du Meſſie des Chrêtiens ; mais jamais ce grand nombre n'eſt remply. Auſſi-tôt que j'ay ſceu la nouvelle que je t'écris, j'ay voulu eſtre préciſément informé de ce que c'eſt que la dignité de Cardinal. Un vieux Medecin qui paroiſt homme de bien, m'inſtruit de tout ce qui regarde la Religion & la politique des Chreſtiens. Il eſt auſſi ennemy de la Circonciſion, qu'il aime la plus ſale de toutes les viandes, qu'il donne ſouvent pour remede à ſes malades, que nous ne croyons mal faine, & que nous ne croyons pas qu'on puiſſe manger ſans pecher.

Un homme d'Eſtat comme toy, qui eſt obligé d'aſſiſter aux Conſeils & au Divan, doit ſçavoir beaucoup plus de choſes que les autres, & les ſçavoir parfaitement.

Je m'informeray avec ſoin de la vie, des actions, & du genie du Cardinal de la Valette, pour tâcher à penetrer ſi le Roy ſon Maiſtre a quelque autre raiſon que celle de ſa valeur & de ſon experience à la Guerre, pour ſe ſervir d'un Preſtre dans ſes Armées, pour faire répandre du ſang, & cauſer la ruine des peuples ; car je n'ay jamais oüy

dire que les Muzulmans fe
foient jamais fervis de Cheik
pour commander les Armes
de l'Empire, outre qu'ils font
fans experience, timides &
fuperftitieux.

Les Efpagnols font plus
puiffans en Infanterie & en
Cavalerie, ils ont dix-huit
mille hommes de pied & cinq
mille de Chevaux, & ils pretendent avec ces forces-là fe
rendre Maiftres du Piémont,
& chaffer entierement les
François d'Italie. Le Marquis
de Leganez, Gouverneur de
Milan, affure que fon Roy ne
fouffrira point que les enfans
du feu Duc de Savoye reçoivent une protection eftrange-
re, il dit que Pignerol & les

autres places qui font au pouvoir de la France ont efté ufurpées par elle fur la Maifon de Savoye, & qu'il faut qu'ils les rendent. Ils foûtient que la Maifon d'Autriche veut empefcher qu'on opprime la Veuve & les Pupilles avec leurs Sujets.

Voy quel exemple de pieté finguliere donnent les Efpagnols en faveur d'une Veuve, & de fes enfans, & d'un autre cofté admire l'honnefte amitié des François, qui viennent combattre ces mefmes Efpagnols pour la confervation d'un bien qui n'eft pas à eux. Il feroit difficile de découvrir les fecrets myfteres qui font cachez là-deffous.

Chaque Prince fait valoir ſes raiſons, comme ſes monnoyes qui ont le prix qu'il leur donne.

La Ducheſſe de Savoye eſt veuë accompagnée d'un grand nombre de Dames & des plus Grands de ſa Cour, elle a eſté à cheval à la teſte de toutes les Compagnies, ſoit de Cavalerie, ſoit d'Infanterie, & elle a harangué l'Armée au milieu des bataillons.

Elle a conjuré non ſeulement les Capitaines, mais juſques aux Caporaux & aux moindres Soldats de ne point abandonner ſa deffenſe, elle a fait voir toute la douleur que peut avoir une femme coura-

courageufe qui fe void expo-
fée à perdre fon Eftat, ou à
voir fes enfans pour ainfi dire Efclaves, & dans cette occafion elle n'a pas manqué de
mefler aux paroles les plus
touchantes des torrents de larmes, qui font d'ordinaire la
plus forte éloquence des femmes.

L'armée ayant efté touchée
du malheur de la Ducheffe,
qu'elle avoit fceu reprefenter
avec toute l'énergie poffible;
le Cardinal de la Valette la
fit décamper pour aller au
fecours de Vercelle. Il paffa
à travers les lignes des Efpagnols, & il jetta deux mille
hommes dans la place.

Les Affiegez fortifiez d'un

Q

tel fecours, ont fait une grande fortie, & il y a eu beaucoup de ce fang Infidele répandu de part & d'autre ; Mais tous ce qu'a pû faire le Cardinal, les foins & les larmes de la Ducheffe n'ont pû empefcher que Vercelle ne fe foit enfin rendu aux Efpagnols. On dit que le Commandant de cette place & fa Garnifon fe font deffendus jufques à la derniere extrêmité, & que n'ayant plus de poudre ni de plomb, ils ont combattu avec leurs Picques, avec des pierres, & enfin avec les poings, n'ayant plus d'autres armes.

Mais on ne veut pas qu'on croye icy une pareille chofe,

& on veut que le Gouverneur de la Ville ou le General de l'Armée ayent mal fait leur devoir. Le Cardinal a manqué, dit-on, si ayant sceu que la Garnison manquoit de munitions, il n'y a pas fait porter de la poudre, ayant trouvé le moyen d'y jetter un si grand nombre d'hommes. Mais enfin on blâme encore plus le Commandant qui n'a pas fait sçavoir tous ses besoins au General.

Je te conte toutes ces particularitez pour t'apprendre la maniere dont les François font la Guerre, a qui on voit faire des actions qui demeurent impunies, qui coustent d'ordinaire la vie parmy nous.

Il eſt ſorty de Vercelle quatre mille hommes portant les
Armes ; de-là tu peux juger
que nos Genereux ne ſont pas
cruels , quand ils font couper la teſte à des Comman-
dans qui ſe gouvernent auſſi
mal.

La Princeſſe de Mantouë
qui a perdu ſon mary , voudroit bien , dit-on, ſe marier
avec un Prince de la Maiſon
d'Autriche , qu'on appelle le
Cardinal Infant , ce qui eſt
un effet de la politique des
Eſpagnols pour avoir un meilleur pretexte d'attaquer le
Montferrat , & d'en chaſſer
les François qui y ſont entrez
du conſentement du feu Duc
de Mantouë, qui en eſtoit le
Souverain.

Le vaillant Duc de Rohan
eſt enfin mort dans un Châ-
teau prés de Berne. Je croy
avoir écrit qu'il fut bleſſé &
fait Priſonnier dans le combat donné par les Suedois
contre les Allemans.

Il avoit ſoixante-huit ans,
il eſtoit conſiderable par ſon
érudition, par ſa grande valeur & ſon experience à la
Guerre, il avoit eſté nourry
parmy les Armes, il avoit
toûjours vêcu parmy les gens
de Guerre, & avoit ſouvent
commandé des Armées. Il
ſoûtinſt long-temps par ſa
bravoure & ſon experience
les reſtes d'un party foible &
mourant contre la puiſſance
de ſon Roy. Il eſtoit illuſtre

par la grandeur de fa Maifon,
& fa Religion eftoit celle des
Calviniftes, qui s'appellent
les Reformez. Son corps a
efté embaumé, & puis mené
à Genéve avec beaucoup de
magnificence & de pompe
Guerriere. Cette Ville eft la
retraite de tous les Heretiques, & tout ce qu'il y
a d'ennemis de l'Eglie Catholique y eft bien receu,
ce qui donne de grand fu-
jets de plaire aux Partifans
du Pape & je croy que ce
n'eft pa fans raifon, car je re-
connois dans la Religion de
es derniers beaucoup plus
de Majefté dans leurs ceremonies, plus de vertu dans la

pratique , & une plus grande antiquité.

Voila les évenemens d'Italie qui font venus à ma connoiſſance. Je ne manqueray pas d'écrire ce qui ſe ſera paſſé en Allemagne ces dernieres Lunes , auſſi-toſt que je le ſçauray.

Prie Dieu , que tant de differends & de Guerres qui ſont parmy les Infideles ne finiſſent jamais , afin que l'Italie ſoit humiliée juſques à l'eſtrier du cheval que monte le grand Empereur des Elûs de Dieu les fidelles Muzulmans , & que toute l'Allemagne adore le ſacré veſtibule de la Mecque.

Dieu te ſouſtienne toûjours, afin que tu ne tombes jamais, & te conduifes, afin que tu ne puiffes t'égarer.

A Paris, le 20. de la cinquiéme Lune de 1638.

LETTRE XX.

A DGENNET
Oglou.

L'ESTAT où je me trouve presente-ment me fait pen-ser à ces longues & ennuyeuses journées que nous passions en-semble à Palerme dans les miseres qu'entraîne avec soy l'esclavage. Que les larmes que nous faisoit répandre la

I. Partie.   R

douleur de noſtre captivité eſtoient inutiles ! Cependant l'eſtat où nous nous trouvions eſtoit un eſtat ordinaire aux hommes ; mais tu eſtois trop jeune pour le pouvoir ſupporter , & je n'avois pas aſſez d'experience des affaires du monde pour bien concevoir le mal-heur , où la fortune m'avoit reduit.

Tu es preſentement à Conſtantinople avec tout ce qui te pouvoit ſatisfaire , & je ſuis à Paris, où j'ay mille ſujets d'apprehender. Conſtantinople & Paris ſont deux Villes à la verité les plus grandes du Monde, mais fort differentes pour les manieres de vivre , pour celle de s'habiller , pour le langage , &

pour la Religion. Tu es presentement au milieu des plaisirs, auec tes amis, tes enfans & ta femme, avec **la**
liberté d'exercer ta Religion
qui est la veritable, dans les
Mosquées que nos Peres ont
establies; & tu es de plus élevé aux Dignitez. Je suis au
contraire parmy des Infideles,
parmy des Idolâtres & des
Heretiques, obligé à vivre avec
une Nation toute differente de
la nostre par sa Religion, par
ses inclinations, & par ses coû-
tumes.

Je demeure enfin dans un
lieu où parmy les veritables
Paons du Demon, la liberté
excessive dont on joüit ne
l'est pas comme on pourroit

fe l'imaginer, aux veritables plaifirs, mais à faire mille chofes qui donnent autant de fujets de repentir.

La Philofophie des Stoïciens que j'ay apprife pendant ma captivité, m'a fait concevoir de quelle importance il eft à l'homme de fe connoiftre. Tu te fouviens peut-eftre que dans le commencement de noftre efclavage ton Maiftre & le mien eftoient auffi oppofez par leurs manieres de vivre que nos genies eftoient differens.

Je cherchois des Livres & des plumes, & les veilles ne me fatiguoient point, pourvû que je les employaffe à apprendre quelque chofe ; au contraire eftant toûjours accupé à differens ouvrages des mains, tu ne fongeois point que le Ciel te deftinoit à porter l'épée, & par confequent aux emplois de Guerre.

Combien de chofes avons nous foufferres en ces temps-là, dont nous ne faifons que rire prefentement. Tu eftois toûjours enchaifné, & j'eftois en prifon dans un antre ; tu eftois battu, parce que tu ne voulois pas lire , & j'eftois affommé de coups , parce que je ne voulois pas broder.

Je ne puis pardonner au Maiftre que j'avois , les coups de bâton qu'il me donnoit, parce que je lifois Seneque. Ce que j'ay enduré dans ces temps-là, eftoit beaucoup plus

rude que les peines que tu
souffrois ; on me perfecutoit,
à caufe du plaifir que je pre-
nois à lire , & on te vouloit
obliger à eftudier quand tu
ne pouvois avoir d'application qu'à des ouvrages de femmes.

Cette dureté me fit re-
foudre à me cacher dans
une cave , fans pain & fans
eau , je n'avois en tout que
mon Seneque avec moy , &
j'eftois refolu de me delivrer
de la fervitude par la mort ,
tant ce Philofophe Stoïque
m'avoit difpofé par fa lecture
à ne plus vivre. Nous fommes
fi prés de la mort , me difoit-
il , & cependant tu es Efclave , juge par l'authori-

té de ce grand homme de
la force de ma tentation.
Pendant que j'étois ainſi
caché, mon Maiſtre me
cherchoit inutilement dans
le Jardin, dans l'Ecurie,
& dans la Cuiſine, & il avoit
autant de peine à me retrou-
ver, que j'en avois à me cacher de luy. Mais enfin je pris
le meilleur party qui fut celuy de vivre & de pardon-
ner.

Mais mon Maiſtre doit
encore ſa vie à Seneque,
il m'apprit ſi bien à ou-
blier les offences, que
mon deſeſpoir ſe changea en
reſpect. Je n'eus plus d'envie de mourir, je ſentis affoiblir mon courage, & la peur

R iiij

me fit pardonner à mon Maître. Tu n'as point eu connoiſſance de cette avanture ,
parce que j'allay auſſi toſt à
la Campagne , & tu fus rache-
té pendant que j'eſtois encore
hors de Palerme. Un mal ſi fâcheux produiſit enfin un bien,
j'eſtois ſi fort amoureux de
l'eſtude, que mon Maiſtre vaincu à la fin par mon obſtination,
me laiſſa la liberté de m'y ap-
pliquer, ayant eu honte même de demeurer ignorant,
quand je ne ſongeois qu'à
m'empeſcher de l'eſtre.

Dans le cours de quatre ans
& quatre mois que dura ma
ſervitude , le Precepteur de
Neron me donna les premie-
res teintures de la Morale , &
aprés cela j'allay dans les Aca-

demies, je fis le Journal de ma
vie dans un ftile affez agreable. Plutarque, Tite Live, &
Tacite me firent oublier les
noms odieux de Maiftre &
d'Efclave.

Les exemples de tant de
grands hommes dont on y apprend les hiftoires de tant
d'Empereurs, des Rois, des
Capitaines, maiftres ou efclaves de leurs paffions, les uns
morts de la main de leurs
amis par le poifon, les autres
avec l'épée & par furprife,
d'autres perfecutez par leurs
peres ou par leurs fils, quelquefois par leurs femmes, &
fouvent mefme par leur patrie, & des Efclaves tant de
fois fauvez & deffendus par
eux-mefmes, me difpoferent

à souffrir patiemment l'estat
où je me trouvois reduit, &
à connoistre que l'honneste-
homme n'est jamais esclave
en quelque lieu qu'il soit,
quand il sçait trouver son
Maistre en luy-mesme. J'eus
le temps par là de faire mille
bonnes choses que je n'aurois
jamais faites, si je n'eusse pas
esté dans l'estat où je me trouvois.

Considere combien l'on
apprend par les livres,
& plus encore par les dif-
graces qui nous arrivent ?
Nous voyons les maux com-
me dans une perspective, &
les biens comme en racour-
cy ? Les disgraces nous affli-
gent quand elles viennent, &
la bonne fortune quand elle

part. Lors que j'eftois dans ma maifon, je vivois en repos, parce que je fongeois à fervir, & prefentement que je fuis dans le fervice, j'ay une crainte continuelle de ne plaire pas : Combien d'ames Amurat a-t'il envoyé dans l'autre Monde pour y attendre le jour du Jugement univerfel , & combien y en envoyera-t'il dans ce Siege de Babylone , où il va en perfonne, portant avec foy la terreur, & menant avec luy des forces fuffifantes pour détruire tout l'Empire de teftes rouges. *

Il m'a ordonné d'avoir toute l'application poffible avec autant d'exactitude à remarquer les actions des Chreftiens

* Des Perfiens.

& à l'en avertir. Il veut que dans les affaires douteuses je luy écrive mon Jugement, & non pas celuy des autres, il me deffend d'estre court, & il veut que je m'étende dans mes explications, pour ne rien laisser qui puisse avoir une double interpretation, & il aime mieux que je sois ennuyeux par ma longueur, que si je paroissois éloquent par la briéveté de mes relations. Il m'ordonne de recevoir les avis de Carcoa qui est à Vienne, & que j'informe Adonaï Juif, qui fait sa demeure à Gennes, afin que tout ce qui se passera en Allemagne, en Italie & en France, soit aussi-tost écrit aux Ministres du Divan.

Le Reis Efendi comme Maiftre des Efcrivains à ordre d'enregiftrer mes Lettres, & de les examiner, il pourra rendre l'exactitude, que j'auray à obeïr à mes ordres, criminelle felon fon caprice, ou fon ignorance en difant que je fuis imprudent, ou que je n'écris pas la verité.

Cét enregiftrement me fais de la peine, parce que de même que beaucoup de chofes mediocres paroiffent tres-bonnes à la premiere veuë, & foit fouvent loüées à caufe de leur nouveauté; elles paroiffent auffi fort méprifables quand elles viennent à eftre examinées, & font fouvent dignes de reprimende.

Je te dis ce que j'ay raifon

de craindre sans te parler de celles qui te doivent faire croire que j'ay sujet d'esperer,

Nos Souverains sont puissans, & ils se distinguent de tous les Potentats du monde, par l'impetuosité avec laquelle ils donnent leurs ordres, & il n'y a point d'Empire où les peines & les recompenses fassent de si grand effets, tu sçais le reste sans qu'il soit necessaire que je te dise ce que les Princes n'écoûtent pas volontiers.

Explique-moy mieux la nouvelle que je reçoy de Mussuladdin Aga, d'une action de justice du vieux Berber.

Il m'écrit qu'un creancier, à qui il devoit une chemise,

estant mort, il en avoit mis le
prix dans les mains du Cada-
vre, & s'en estoit allé. Cette
nouvelle maniere de payer ses
dettes me paroist fort extraordinaire. Il y a un Auteur,
je ne sçay s'il est Grec ou La-
tin, qui rapporte une pareille avanture d'un homme, qui
n'ayant plus trouvé son Cor-
donnier en vie, jetta le prix
des Souliers qu'il luy avoit
faits, dans la boutique du dé-
funt. Si ces actions ne se font
point par ostentation, il y a
de la vertu; mais si cela se fait
par vanité, je ne puis croire
que la negligence que nous
avons de payer nos creanciers
en vie, soit excusée par le soin
que nous avons de les payer
aprés leur mort.

Les morts n'ont befoin de rien dans l'autre Monde, ce font les vivans qui ont befoin d'eftre fecourus en celuy-cy, & qui fouffrent fouvent beaucoup, quand on ne les paye pas ponctuellement. Les Anciens n'ont jamais pû expliquer les excés que les hommes commettent par leurs paffions, & les Modernes ne le feront pas non plus, ils font juftes quelquefois jufques à la fuperftition, & fouvent injuftes jufques à l'excés, La charité du Sultan Muftafa pour les pauvres fut bien plus extraordinaire. Il ne fe contentoit pas fuivant les preceptes de Pitagore de donner la vie à des beftes, fa fimplicité fut pouffée plus loin qu'el-le le ne fut jamais portée par aucun autre Prince ni aucun Saint. Il jettoit des pieces d'or à des poiſſons, alleguant pour raiſon, que les aumoſnes les plus ſecrettes eſtoient les plus agreables à Dieu, & que ces animaux n'en auroient jamais parlé. Tu me feras réponſe quand tu en auras le temps & la commodité. Dieu te donne le ſecours qui t'eſt neceſſaire, & que noſtre grand Prophete te ſoit toûjours favorable.

A Paris le 20. de la quatriéme Lune de l'an 1638.

S

LETTRE XXI.

AU

KAIMAKAM.

N aura fceu par mes
dernieres Lettres ce
qui eft arrivé en Ita-
lie du côté du Pié-
mont, & tu l'auras pû apprendre au Divan.

J'ay informé le Confeil
de ce que les Infidelles ont
fait jufques icy de ces côtez-

là, où trois Nations differen-
tes qui n'ont qu'une Religion
combattent enfemble.

Les François pour foûtenir
la Savoye font la Guerre aux
Efpagnols qui voudroient eftre
les Maiftres de cette Maifon,
& de l'Eftat qu'elle poffede.
Ces derniers voudroient chaffer les autres de l'Italie, & re-
duire la Savoye qui fait ce qu'-
elle peut pour éviter le joug
de l'une & de l'autre de ces
deux Nations.

Il eft à craindre qu'on ne
voye naiftre de nouveaux
trouble de cette Guerre, &
il en arrivera fans doute,
fi elle n'eft bien-toft termi-
née par une paix. Je t'écriray
feulement ce que j'ay appris,
& ce que peut-eftre tu ne fçais

pas. Je ne redis point les choſes que j'ay déja écrites , puiſque par le bon ordre que tu as mis , les Lettres paſſent par des mains ſeures , & qu'elles y paſſeront toûjours.

Les differens intereſts des Princes d'Italie font qu'ils ont enſemble peu d'intelligence. Comme leurs Eſtats ſont ſeparez les uns des autres , auſſi ils ſont diviſez par leurs maximes, par leurs intereſts , & par leurs pretentions. Ils n'ont cependant qu'une meſme Religion qu'ils font ſervir de pretexte à leurs deſſeins qui ſont tous differents , & il n'y en a pas un qui ſoit uniquement attaché à ſa Religion , qui ne peut avoir qu'une feule & unique fin.

Il y en a peu qui puiffent fouffrir les conqueftes des François en Italie, parce que cette Nation paroift inquiete, & on ne voudroit pas voir les Efpagnols plus puiffans qu'ils font, parce qu'ils y font déja trop les Maiftres. Mais comme neanmoins le moindre de ces Princes à fes inclinations particulieres, & fes interefts fecrets avec ces deux Nations, tu n'ignores pas ceux de la Republique de Gennes avec l'Efpagne, avec qui ellea de fortes & neceffaires intelligences : Mais peut-eftre tu n'as pas efté informé d'une Confpiration qui paroift avoir efté tramée dans la Ville pour y introduire les Espagnols, que la Republique ne veut nullement chez elle.

On conte ainsi ainsi cette Conspiration. Le Marquis de Monterey, aprés avoir achevé le temps de son Gouvernement de Naples, & s'estant embarqué sur quelques Galeres pour s'en retourner en Espagne, s'estoit introduit secretement dans Gennes, & il avoit eu une conference dans un petit Village qui est tout auprés avec les Conjurez pour se rendre Maistre du Port & de la Darse, & bâtir puis aprés une Citadelle du côté le plus élevé du Far. Quelques-uns des plus qualifiez devoient ouvrir la nuit une des Portes principales de la Ville

& y faire entrer les Troupes qui feroient débarquées des Galeres. Le Marquis de Leganez Gouverneur de Milan avoit promis d'envoyer à Génes la chaîne des Forçats plus forte & plus nombreufe qu'à l'ordinaire, qui au lieu de Criminels condamnez devoit eftre compofée des plus braves Officiers de l'Eftat de Milan, & quelques Nobles complices, qui avoient part au Traité, devoient recevoir les Troupes, & venir à main armée pour faire réuffir l'entreprife.

Aprés un complot fi bien concerté, les Efpagnols étoient prés d'executer un coup fi hardy quand la Republique avertie fur le champ de la

Conjuration, la fit avorter, en redoublant fans bruit les gardes, ce qui n'étourdit pas peu ceux qui avoient fait le complot.

On a eu avis de Gennes par des creatures du Cardinal de Richelieu qu'un certain Doria qu'on appelle *le Prince*, a diffuadé ou empefché l'entreprife, ce qui a efté fort utile à l'Italie, & fort contraire à nos interefts, car de.là feroit née fans doute une Guerre qui n'auroit jamais fini, foit entre les Sujets de cette Republique, qui fe feroient ruinez les uns & les autres, foit entre les François & les Efpagnols, & tu croiras bien auffi qu'en confervant la liberté à fa patrie, &

en

en éloignant les Espagnols, il se maintenoit dans un estat, où il estoit toûjours utile à la Republique, & necessaire à la Couronne d'Espagne.

On dit que la fermeté de Doria a acquis à sa Maison l'honneur d'avoir sauvé deux fois la liberté à sa Patrie.

Cetui-cy est ce Doria, ou pour mieux dire, il descend de cét André Doria si grand Capitaine, qui a fait tant de belles choses contre nostre Nation commandant les armées de Mer de Charles V. Empereur d'Allemagne, & depuis celles de Philippe II. son fils, Roy des Espagnes, & qui eut souvent à combattre l'invincible Ariaden

Je ne croy pas qu'Adonaï

I. Partie.   T

qui eſt à Gennes t'aye écrit
cette avanture , ou par-
ce qu'elle n'eſt pas vraye ,
ou parce que la choſe ayant
eſté fort ſecrete , on l'a étou-
fée quaſi auſſi - toſt qu'elle a
eſté découverte. S'il faut te
faire ſçavoir les raiſonne-
mens particuliers , qu'on fait
icy là-deſſus, je te diray, que
les François les plus aviſez
croyent bien que les Eſpagnols
ont eſſayé de faire un ſi beau
coup , mais que les deux par-
tis , l'un pour ſauver ſa liberté, & l'autre pour mainte-
nir ſon autorité , en ont évité
la concluſion.

On parle à preſent diffe-
remment de cette Republi-
que , & les François ne ſon-
gent pas moins à faire des

traitez secrets avec elle que les Espagnols, pour l'empescher de tomber sous la puissance d'une autre Nation. Estant toûjours d'une tresgrande utilité à ceux qui auront des prétentions en Italie, d'estre bien avec les Maistres de cette Place, qu'on peut dire qui en est la principale porte.

Les François font sonner assez haut leurs prétentions sur Gennes, & ils font revivre presentement plusieurs Histoires anciennes, ils soûtiennent que les Génois, quand ils ont eu des differens entr'eux, ont souvent changé de Loix & de Maistres, & qu'ils se sont souvent soûmis à des puissances Estrangeres. Que deux

T ij

Charles, un Loüis, & François premier tous Rois de
France, les ont receus sous
leur protection, & les ont soûmis aussi par la force des armes. Ils soûtiennent que ce
mesme François premier a
continué long-temps à leur
envoyer des Gouverneurs, &
que ce fut par l'habileté, &
la resolution de Doria, que
cette Republique recouvra sa
premiere liberté.

Voilà les discours que le
peuple tient à Paris, que tiennent encore les gens oisifs, &
que font aussi quelques Politiques ; il me seroit difficile de
te faire sçavoir ce que le Roy
pense là-dessus, & quel est le
sentiment de son Conseil.

Cependant considere avec

quelle audace le Peuple parle icy, il se donne celle de décider des affaires d'Estat, il divise les Estats, & puis il accommode les differends, il soûtient ou fait perir les Republique, & les Royaumes ; mais ce n'est pas une chose nouvelle, & les peuples se sont donnez de tout temps la liberté de censurer les actions des Souverains.

Ce n'est pas pour grossir ma Lettre que je t'ay écrit ces particularitez de l'Histoire de Gennes. Comme c'est une Nation ancienne qui a autrefois lassé le courage des Romains par ses entreprises & sa resistance, & qui a fait sur nos Mers de belles & grandes actions : Les Osmans ont quelque consideration pour

elle, & encore parce que nous
poſſedons pluſieurs terres , &
places conſiderables qui étoient
ſous ſa domination dans l'Aſie
mineure, ſur la Mer noire , &
dans l'Archipel.

Je recommanderay toûjours
à Dieu toutes tes actions , &
toutes les paroles que tu pro-
fereras, & le prieray qu'il t'em-
pêche de tomber dans l'erreur ,
& que tout ce que tu feras ſoit
toûjours bien.

*A Paris le 24. de la cinquiéme
Lune de 1638.*

LETTRE XXII·

AU

KAIMAKAM.

ENRY DE BOURBON, premier Prince du Sang de France, aprés avoir pris le chemin de Bourdeaux , s'eſt rendu ſur la Frontiere d'Eſpagne , où il aſſiege la Ville de Fontarabie, place forte ſituée ſur le bord

T iiij

de la Mer Oceane. Son armée est composée de douze mille hommes de pied, & de douze cens chevaux.

Les deux Nations sont venuës aux mains l'une avec l'autre, & ont fait de frequentes escarmouches, où les pertes & les avantages ont esté égaux sur terre.

Mais les affaires des Espagnols vont si mal sur Mer, que tu seras estonné des grandes pertes qu'ils y ont faites. Les François ont brûlé deux Gallions qui estoient encore sur le chantier, & n'estoient pas achevez; & six autres qui l'estoient entierement, mais qui n'avoient pas encore esté mis en Mer. Les François ont pris outre cela onze grands

Vaiſſeaux dont il y en avoit
ſix chargez richement pour
les Indes, outre l'équipage, &
les munitions de guerre, avec
deux vieux Gallions qui ne
ſervoient plus.

On a pris encore un prodigieux nombre de Canons qui
eſtoient ſur le bord de la Mer,
cent deſquels ſont de bronze
verte avec les armes d'Auſtri-
che.

Si tout ce que j'écris eſt
vray, comme je le crois tres-
veritable, on peut dire que
cette priſe où il y a plus de
cent cinquante pieces de Canons, eſt un butin digne d'un
Empereur.

Je ne te dis rien de la grande quantité d'artillerie montée ſur les Vaiſſeaux & les

Gallions, de peur de te troubler par la nouvelle d'une si grande Victoire remportée par les François qui ont gagné en cette occasion tant de Vaisseaux & de richesses, qu'ils en pourront équiper une puissante armée Navale.

Le Prince assiege la place, & la presse ; mais les Espagnols se deffendent en gens de bien du costé de la terre, & il s'y répandra beaucoup de sang.

Le Prestre de Bourdeaux que ces Infidelles appellent l'Archevesque, y estoit arrivé avec soixante voiles, parmi lesquelles il y a quarante-deux Vaisseaux de Guerre du Roy, les autres sont Fregates pour porter les choses necessaires,

& des Brûleaux pleins de
matieres bitumineuſes qui
s'enflamment aiſément, pour
brûler les Vaiſſeaux des ennemis, où ils pourront s'atta-
cher, de ſorte qu'il ne manque rien, ni à l'armée de
Mer, ni à celle de Terre.

Cét Archevéſque de Bour-
deaux fait preſentement plus
de bruit que le Pape, & il eſt
à croire que ce qu'il vient
d'executer, luy donnera un
grand credit auprés de ſon
Roy.

Il a inveſti avec beaucoup
de courage quatorze Gallions
& quatre Fregates, qui ve-
noient des Ports voiſins au
ſecours de Fontarabie avec
trois mille Eſpagnols natu-
rels.

Il a combatu fix heures de
fuitte cette nouvelle armée
qu'il a entierement deffaite,
ayant brûlé ou coulé à fonds
tous ces Navires, excepté un
Gallion qui a échoüé fur le
fable, où il eft demeuré inutile, percé de toutes parts. Le
feu ayant pris tout d'un coup
aux poudres de l'Admiral
d'Efpagne, il vola en l'air
avec huit cens perfonnes qui
eftoient deffus, ce qui n'a pas
efté un coup peu mal-heureux
pour les Efpagnols qui ont
perdu en cette occafion un
grand nombre de Soldats &
de Matelots, & on croit qu'ils
ne feront de long-temps en
eftat de paroiftre en Mer devant leurs ennemis.

Si tant de pertes fouffertes

par un party, ne font pas utiles au Grand Seigneur, parce
que l'autre en eft devenu plus
fort, il en tirera au moins cet
avantage, que les François &
les Efpagnols eftant tous ennemis de noftre Nation & de
noftre Religion, nos affaires
feront en plus grande feureté
quand de deux ennemis nous
en verrons un abbatu.

Les François font connoiftre
par leur joye & leurs feftes
continuelles, l'avantage qu'ils
retirent d'un tel fuccés.

Ces Infideles ont raifon de
fe réjoüir, leur Victoire a tous
les agréémens poffibles, elle
eft grande, & ils n'ont prefque
rien perdu,

On dit que dans une bataille fi confiderable, il n'y a eu

que douze des Navires de
France qui ayent efté mal-
traitez , & qu'on n'y a perdu
que cent Matelots ou environ, avec tres peu d'Officiers.
On a fait icy une grande relation de cette Victoire, & on
l'a gravée fur le Bronze ,
afin de l'apprendre au public
avec toutes fes particularitez,
& en conferver la memoire
aux fiecles à venir. Aprés la
perte de cette grande Armée
qu'on nommoit l'*Invincible* ,
que Philippe II. Roy d'Efpagne envoya en Angleterre
l'année 1588. pour faire la
Guerre à une femme, on ne
fçait point que l'Efpagne ait
fait une pareille perte.

Voila les feules nouvelles que
je te puis mander prefente-

ment. Tant d'Armées qui font dans une continuelle action, fourniront affez de matiere deformais de t'efcrire pour te divertir par le recit des folies de ces Infidelles, qu'il femble qui fe deftruifent tous les jours, & qui ruinent leurs affaires pour nous donner le fpectacle de leurs deffaites, & nous faire triompher,

A Paris le 15. de la fixiéme Lune de l'an 1638.

LETTRE XXIII.

A

AFIS BASSA.

SI tu suis toûjours ton inclination, & si tu te laisses toûjours aller à ton honnesteté naturelle, tu seras infatigable en servant fidellement le Sultan, & tu ne seras pas contraire à celuy qui t'estime & qui t'aime.

Lis ce que je t'écris, & le publie

publie aprés l'avoir leu, afin que le Conseil sçache que dans la Diete tenuë à Stokolm, qui est le lieu où demeure d'ordinaire le Roy de Suede, on a resolu de continuer la Guerre contre la Maison d'Austriche, & que déja le Duc de Veymar & le General Bannier commencent à poursuivre les Imperiaux. Tu vois l'Espagne & l'Allemagne attaquée de tant de costez, & par des ennemis si puissans, qu'il y a lieu de croire qu'il arrivera de si grandes pertes à tous ces Chrestiens, que les Fidelles auront sujet de se réjoüir, & d'esperer encore l'agrandissement du tres - grand & tres - puissant Roy des Rois

V

Amurat Sultan, Maiſtre &
Souverain abſolu de deux
Mers, & Vainqueur de toutes
les Nations.

Ce Roy-cy a encore envoyé
une Armée en Picardie ſous
le Commandement du Ma-
reſchal de Chaſtillon, pour
aſſieger Saint Omer, place
tres - forte dans l'Artois qui
eſt aux Eſpagnols, ſur qui
on avoit déja pris & brûlé
des Villages & des Terres de
conſideration.

Le fidelle Eſclave Mah-
mut te ſaluë, te donne un
baiſer d'amy, & te ſouhaite
toute ſorte de proſperitez.

A Paris le 24 de la ſixiéme
Lune de l'an 1638.

LETTRE XXIV.
AU
KAIMAKAM.

LE Roy de France fait partir encore une autre Armée. Je t'ay déja écrit que ce Prince en avoit trois tres-fortes dans trois parties de l'Europe, qu'il y en a une en Piémont commandée par le Cardinal de la Valette, une dont le Prince Henry de Condé est Generalissime, qu'on espero qui prendra bien-

toft Fontarabie, & une troifiéme que commande le Ma-
refchal de Chaftillon qui affie-
ge S. Omer.

Le Duc de Longueville eft
à la tefte d'une quatriefme
qui eft entrée dans la Bourgogne pour ruiner la Franche-
Comté, deffenduë par le
Duc Charles de Lorraine,
l'un des Generaux de l'Empereur.

Tant d'Armées & tant de
Capitaines marchent contre
les Efpagnols. Cette Nation
fait bien voir fa force, elle
eft attaquée par tout, & par
tout elle fe deffend & refifte.
Cette vafte eftenduë de païs
que les Auftrichiens ont à
conferver prefque tous fepa-
rez les uns des autres, fera

qu'ils feront toûjours occupez à fe deffendre, mais ils feront eternellement expofez à perdre, fans avoir prefque jamais rien à gagner.

Tu fçais bien que le veritable fecret de conferver l'union parmi les bons, eft d'entretenir des differends continuels parmi les méchans, & tu verras que toutes les avantures de ces païs-cy nous rendront invincibles, ce que je te dis icy eft une Sentence veritable.

Mais d'un autre cofté les François ont à prefent trop de puiffance avec tant de Troupes, tant d'Armées de Terre & de Mer qu'on ne voit que dans les Provinces de leurs ennemis.

Les autres Chreſtiens ſont dans des apprehenſions conti-nuelles. Les Ambaſſadeurs des Princes qui reſident en cette Cour , obſervent avec grand ſoin tant de choſes extraordi-naires , ils ne diſent mot , ils ſont comme moy , ils avertiſ-ſent leurs Maiſtres & écrivent.

Je crains bien que tu ne pren-nes pas plaiſir aux relations que je te fais , des ſuccés d'une ſi grande puiſſance , mais je dois te faire ſçavoir la verité. Les affaires ſe gouvernent icy avec beaucoup d'art. Les Mi-niſtres ſervent avec une gran-de fidelité , & ils ne ſe laiſſent jamais penetrer. Le Cardinal de Richelieu à un credit en-tier ſur l'eſprit du Roy ; mais il faut dire le vray , c'eſt un homme d'un grand merite, on dit qu'il est desireux de la veritable gloire, & qu'il mettra sur la teste du Roy son Maistre la Couronne que Charlemagne portoit d'Empereur d'Occident, & de Roy des Romains. Si le bonheur de la France marche toûjours d'un mesme pied, le mal-heur de ses Ennemis viendra dans de grands excés.

La quantité de Guerres que ce Monarque entreprend, & que le Cardinal de Richelieu luy conseille, font cependant murmurer le peuple qui en porte le faix pas la grande quantité de tributs qu'il est forcé de payer, sans les sujets de tristesse qu'il a souvent, à caufe de la mort des parens & des amis qui luy meurent dans cette Guerre.

Le Cardinal craint la paix, & il apprehende que fes ennemis ne le deftruifent, s'ils ont le loifir de faire des cabales contre luy. Il trouve ainfi fon compte dans la Guerre, & les Armes foûtiennent fon authorité.

Je ne fçaurois faire encore de jugement affuré de luy, ni avoir une parfaite connoiffance de fes mœurs, non plus que de l'eftenduë de fon genie, parce que l'homme cache avec adreffe beaucoup de chofes pendant fa vie qui fe découvrent à fa mort. On peut voir qu'elles

font

font fes bonnes inclinations & il n'eft pas aifé de penetrer affez pour découvrir à quels vices il eft enclin.

Mais apprens en peu de mots qu'il a gueri la France du mal dont l'Herefie l'avoit infectée, il a fecouru l'Italie, & y a fait reconnoiftre la puiffance du Roy fon Souverain. Il a affoibli l'Empire d'Allemagne par la guerre qu'il a portée dans fon fein, avec les forces des Princes du Nord & celle de France en mefme temps; & il n'a pas moins affoibli la puiffance du Roy d'Efpagne.

Tu feras des jugemens plus affeurez toy qui fçais tout ce qui fe paffe, & qui tires des lumieres de toutes les

I. Partie.   X

parties du monde, ce qui te
fait connoiſtre & prevoir tout
ce qui peut faire quelque pre-
judice à l'Empire formidable
des Muzulmans.

A Paris le 20. de la ſeptiéme
Lune de l'an 1638.

LETTRE XXV.

AV

KAIMAKAM.

 OU т eſt en paix icy, parce qu'on a ſçeu porter la Guerre au dehors.

La Cour continuë à faire des vœux pour la ſanté de la Reine & ſon heureux accouchement. Il paroiſt qu'elle ne penſe plus à ſon Roy, tant elle eſt occu-

X ij

pée de la grossesse de sa femme, & tant chacun est persuadé que le bon-heur de la France est presentement dans les flancs de cette Princesse.

J'avois écrit à Ghiurdgi Muhammet qu'il parlast de cette grossesse comme d'une chose douteuse, & qui pouvoit s'évanoüir; mais presentement elle est assurée, & cette Reine accouchera bientost. Elle vit dans un grand repos pour ne pas s'exposer à se blesser, elle ne sort presque point de la Chambre, tout le monde s'efforce de luy faire plaisir, & tout le monde attend de l'enfant qui en naistra quelque chose de prodigieux.

On a eu avis du costé des

Mers de Provence, que le frere d'un Roy y a esté arresté par le Gouverneur de cette Province, & ce Prince prisonnier est Casimir frere de Ladislas Roy de Pologne.

On dit que le Roy d'Espagne pour recompenser ce Prince Casimir d'avoir autrefois levé des Troupes de Cosaques pour deffendre la Comté de Bourgogne, l'avoit fait Viceroy de Portugal. On ajoûte que s'estant embarqué à Gennes sur une des Galeres de la Republique pour aller en Espagne prendre possession de sa Charge, avec un assez petit nombre de domestiques, & le Comte Kanoposki qui se dit Ambassadeur de Ladislas,

avec le Marquis Gonzague
fon parent, il eſtoit arrivé en
Provence, & qu'aprés y avoir
viſité avec un ſoin qui avoit
donné du ſoupçon aux François, tous les ports & toutes les
fortereſſes, il eſtoit demeuré
quatre jours caché dans Marſeille, & qu'il a eſté fait priſonnier au port de Bouc le
dernier port de France de
ces coſtez-là, & ſa Galere
arreſtée avec tout ce qui
eſtoit dedans, par les Ordres
de ce Roy.

On ne ſçait point encore ce
qui a obligé la France à faire
priſonnier un homme de cette
qualité, n'ayant rien à démêler
avec la Pologne, & le Roy
Loüis XIII. n'ayant point de
haine particuliere pour le Prin-

ce Caſſimir ; mais les intereſts cachez des Eſtats n'eſtant connus qu'à ceux qui gouvernent les Royaumes, je ne penetre pas plus avant, & je me contente d'écrire ce qu'on fait & ce qu'on dit. Toy qui eſt la gloire du Conſeil de ſa Hauteſſe en l'abſence du Viſir Hazem, tu ſçauras mieux découvrir le ſujet d'une ſi extraordinaire nouveauté.

Les plus ſages diſent à la Cour qu'on remettra bien-toſt ce priſonnier en liberté, & que n'y ayant point de Guerre qui authoriſe ſa priſon, il y auroit de l'injuſtice à l'y retenir.

L'evenement m'apprendra à moy qui ſuis ignorant, & à ceux qui veulent deviner, ce

X iiij

que peut - eſtre perſonne n'entend preſentement. Plaiſe au
grand Dieu, Maiſtre & Souverain Moderateur de toutes
choſes que les connoiſſances
& les lumieres que je donne,
ſoient toûjours utiles & agreables, & que ta vie ſoit d'é-
ternelle durée pour le bon-
heur de noſtre grand Empereur, & de ſon Empire.

Si le Prince Caſimir eſt
long-temps retènu en priſon,
ou ſi on le remet en liberté, tu
en auras avis incontinent.
Pleuſt au Ciel qu'un tel mal-
heur fuſt arrivé au Roy Ladiſ-
las, qu'il fuſt priſonnier entre
les mains des Janiſſaires, &
qu'il fut Eſclave auſſi bien que
ſon Royaume, de l'Invincible
& puiſſant Sultan, Roy des

Rois, au pouvoir de qui il plai-
se encore à la bonté divine &
au plus sage de ses Prophetes
d'assujettir toutes les terres des
Infideles pour le placer aprés
dans son Paradis avec ses femmes & tous les Prophetes.

*A Paris le 20. de la septiéme
Lune de 1638.*

LETTRE XXVI.

AV

KAIMAKAM.

APRES t'avoir donné avis de la prison de Casimir, je te parleray du voyage du Roy Ladiflas son frere qui eft allé fe promener en Hongrie & en Allemagne.

On a eu nouvelle ici que

ce Roy de Pologne estoit allé rendre visite au Roy d'Hongrie qui l'avoit envoyé recevoir sur les confins de la Moravie par l'eslite de sa Noblesse pour luy faire plus d'honneur.

On écrit aussi que l'Archi-Duc Leopold estoit sorty de Vienne pour aller au devant de luy, & que s'estant rencontrez ils s'estoient embrassez comme freres, & puis estoient entrez ensemble dans Vienne avec la Reine de Pologne, & sa sœur. On ajoûte que le peuple avoit receu cette Compagnie avec de grandes acclamations au bruit du Canon, & de toute la Mousqueterie de la Ville.

On mande que le jour fui-
vant, aprés avoir difné dans
le Palais Imperial , ils eftoient
allez enfemble à Laxembourg
rendre vifite à l'Imperatrice
Eleonor , veuve du feu Empereur d'Allemagne.

Si Carcoa ne t'a pas écrit
ces particularitez , tu les re-
cevras de Mahmut qui veille inceffamment pour don-
ner des avis feurs , & pour
penettrer autant qu'il eft poffible tout ce qui fe paffe ,
& ce qui fe fera dans cette
grande Cour qui donne le
mouvement à prefque toutes
celles de l'Europe.

Reprens moy, fi je ne me
conduis pas bien , & chaftie
moy encore, fi tu trouve que

l'Empereur ne foit pas bien fervy, & fi tu n'es pas content.

A Paris, le 15. de la huitième Lune de l'an 1638.

LETTRE XXVII.

A

KERKER HASSAN

Baſſa.

NE m'accuſe pas d'être peu aviſé ou d'être negligent, ſi je t'êcris des choſes que tu ſçais déja. Je ne ſonge qu'à te faire ſçavoir les nouvelles qu'on dit icy, & ce n'eſt pas à moy à m'informer ſi tu les ſçais par une autre voye. Quand on m'a preſcrit

de demander tout ce qui vient
en ma connoiſſance, je remplis mon devoir en le faiſant,
& je ne dois pas eſtre repris de
l'avoir fait.

J'ay appris que le Sultan eſt
party avec une armée plus
nombreuſe que ne ſont toutes
les feüilles des arbres pour détruire les teſtes rouges * , &
ſoûmettre Babylone. Je ſçay
que le Mufti , le grand Viſir
& tous les Grands du Divan
l'ont ſuivi, mais je ne ſçavois
pas ce qu'il avoit fait dans ſon
premier voyage , quand il a
pris Revan.

Un vieux Marchand An-
glois qui revient de Spaham,
& qui a ſervi dans l'armée des
fidelles Muzulmans , eſt paſſé
par icy pour s'en retourner en

* Les Perſans.

Angleterre. Il a efté témoin des grandes actions d'Amurat, il dit que ce puiffant Empereur aprés avoir pris Revan y laiffa douze mille Soldats de Garnifon avec deux cens mille efcus d'argent, fans la monnoye de cuivre, pour payer la Garnifon.

Il dit auffi que noftre puiffant Monarque eftant las de voir répandre tant de fang des Fidelles, & mefme des Muzulmans Heretiques, il avoit envoyé défier le Roy de Perfe, & l'appeller en duel, mais que le Roy n'avoit pas accepté le défi.

Il raconte qu'Amurat eftant tombé dans l'eau en paffant la riviere d'Haret, il couroit rifque d'aller attendre le dernier

nier jugement dans l'autre
monde, s'il n'euft efté retiré
de l'eau par un jeune & fort
Solak qui le prit par le bras,
& le tira de l'eau ; cet acci-
dent arrivé fur une riviere
avoit efté le prelude de la nouvelle d'un grand bon-heur,
que ce puiffant Prince receut
fur le bort d'une autre riviere, appellée Maxo, où il
aprit qu'il luy eftoit né un fils
dans le Serail de Conftantinople, qu'on avoit donné à ce
Prince le nom de Alaaddin,
& qu'on avoit celebré fa naiffance avec des démonftrations
d'une joye infinie.

Cet Anglois nous apprend
qu'Amurat s'eftoit rendu
maiftre de Tauris, & qu'il y
avoit paru en public avec
Y

toutes les marques d'une puissance formidable, qu'il avoit fait renverser le Serail du Roy de Perse, & mis le feu dans les lieux où l'on tient les Marchez publics, & fait couper un million de beaux arbres, ce qui rend irreparables la perte des Perfiens.

Tu me feras sçavoir quand tu en auras le loisir, si ces nouvelles sont veritables, & tu me feras le plaisir de m'apprendre ce qui sera arrivé à ce grand Empereur dans l'expedition de Babylone; les Politiques en attendent icy les nouvelles avec beaucoup d'impatience. On sçait qu'Amurat est le plus puissant de tous les Princes, qu'il est plus fort qu'aucun homme qui vive, & qu'il n'y a que luy qui puiſſe vaincre, & ruiner les Rois de la Terre.

Deux Etrangers de Nations differentes, & tous deux de race Royale ſont morts en cette Ville ; le premier eſt Dom Chriſtofle, fils de Dom Antoine Roy de Portugal, qui aprés avoir veſcu ſoixante-ſix ans, ſans iamais pouvoir parvenir au Trône de ſon Pere, eſt mort dans un Convent de Dervis, qu'on appelle icy Cordeliers, où il a eſté enterré dans le meſme lieu, où on avoit déja inhumé le frere de Dom Antonio ſon pere.

L'autre Etranger ſe nomme Zaga Chriſtos, qui eſtoit le legitime ſucceſſeur du Royau-

me d'Ethiopie, jeune homme
de vingt-cinq ans fils de l'Imperatrice Nazarenne veufve
de Jacop Empereur des Abyſ-
ſins , qui eſt mort dans un
Village prés de Paris. Il quitta
ſon Royaume, comme tu ſçais,
forcé par les Guerres civiles,
il arriva en France l'année
1635. de l'Egire des Chrêtiens. Aprés avoir eu beaucoup d'avantures ; il a compoſé une longue Hiſtoire de
ſes Voyages, qu'il a faits avec
des incommoditez & des
maux qui paroiſſoient inſur-
montables.

Que n'a-t'il point ſouffert
en traverſant pluſieurs Royaumes dans l'Arabie deſerte,
dans l'Egypte, dans l'Aſie
Mineure, & dans Jeruſalem,

où il courut risque d'estre arresté par le Bassa qui y fait sa residence, & dont il se garantit en se retirant la nuit à Nazareth chez des Dervis Chrêtiens, où il demeura caché cinq mois? Il a dit icy qu'un Eunuque du Bassa du Caire l'avoit fort sollicité d'abandonner la Religion Chrestienne, mais qu'il y avoit toûjours resisté, & qu'il avoit refusé d'aller à Constantinople s'humilier, & mettre son visage dans la poussiere des pieds du grand Seigneur, quoy que le Bassa l'en pressât extrémement avec des offres tres-avantageuses.

Ce Roy-cy a fait beaucoup d'honneur aux manes de ce Prince, pendant qu'il souffre

peut-eſtre les ſupplices eter-
nels , que nous ne ſouffrions ,
ni toi , ni moy , ſi nous vivons
toûjours en fidelles Muzulmans , ſuivant les preceptes
de la Loy ordonnée par Mahomet , & écrite dans l'Alcoran.

J'aprendray avec bien de la
joye ſi ta vie eſt en ſureté , &
ſi mon amitié t'eſt toûjours
agreable.

A Paris le 20. de la huitiéme
Lune de l'an 1638.

LETTRE XXVIII.

AV

KAIMAKAM.

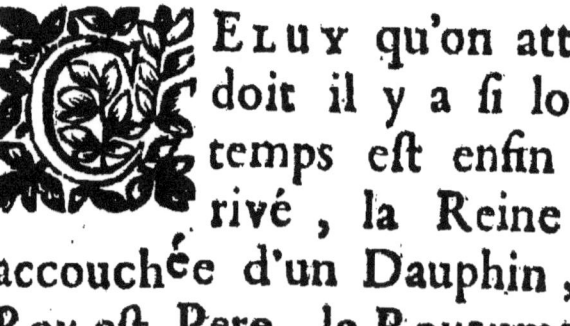 ELUY qu'on attendoit il y a si long-temps est enfin arrivé, la Reine est accouchée d'un Dauphin, le Roy est Pere, le Royaume ne souhaite plus rien, & le peuple fait connoistre sa joye par mille festes differentes.

Les hommes, les femmes,

les enfans , & les vieillards, courent par la Ville , comme on fait aux Bacanales , ils se réjoüissent avec leurs amis, ils vont dans les Eglises , & ils remercient Dieu comme de l'envoy d'un Messie à la France.

Tous les Prestres chantent les loüanges de Dieu pour un tel present dans leurs Temples , & les Moines ne s'en tiennent pas là, ils étourdissent le Peuple par le bruit qu'ils font avec leurs cloches, & ils en font plus que les Trompetes & les Tambours des Soldats , & que tout le Canon de cette Citadelle , & de l'Arsenal. J'ay fait en compagnie des autres , ce dont je me serois bien gardé si j'avois

vois

vois esté feul., ou que je n'eusse point esté obfervé.

Ceux qui avoient assuré que la Reine accoucheroit d'un Fils , foûtiennent prefente-ment qu'ils en avoient esté avertis par quelque revelation Divine , & fe veulent faire passer pour Prophetes , & il y a parmy ces gens plusieurs Dervis. Remarque jusqu'où va leur fuperftition.

La Cour a expedié beau-coup de Couriers par toutes les Provinces de France , & on en a dépefché à tous les Ambaffadeurs pour donner part de cette naiffance à tous les Rois, Princes, & Republi-ques.

Un Preftre qui eft Evefque, a baptifé cet enfant , fans au-

I. Partie.   Z

cune ceremonie , en prefence du Chancelier de France, des Princes, des Princeffes , & des Grands du Royaume , & on referve à un autre temps de le faire avec plus de folemnité.

Le Roy a fait chanter publiquemeut l'Hymne qu'on chante d'ordinaire pour remercier Dieu des fuccés heureux, felon l'ufage ordinaire de tous les Chreftiens.

On ne voit prefentement par les ruës de Paris que des feux, & des fontaines de Vin qui coulent jours & nuit, le Peuple ne manque pas de témoigner la joye qu'il a de celle de fon Roi, & il y a tant de feux de tous coftez , qu'il femble que la Ville doive eftre bientoft reduite en cendre.

Parmy tant de fujets de joye, le Roy ne laiffe pas d'en avoir de s'affliger. Il y a quelques jours qu'il eft tourmenté d'une petite fiévre tierce, & il ne fe peut faire qu'il n'ait l'efprit embarraffé de tant de Guerres qu'il fait en mefme tems, il a des Armées contre l'Efpagne, en Flandre, en Italie, en Bourgogne, & contre l'Empereur en Allemagne, fans parler de fes Armées Navales, & fans rien dire des deffeins & des pretentions qu'il ne declare pas encore. Tu peux t'affurer qu'il ne manquera pas de fe former des Ligues contre luy, & des conjurations contre fon Eftat. Les Grands de fon Royaume ne s'endorment

Z ij

pas, dans le deſſein qu'ils ont
il y a long-temps d'abaiſſer
les Favoris & les Miniſtres,
dont les déportemens leur
déplaiſent , & de ſe faire
les Maiſtres des affaires & du
Gouvernement.

J'ay une nouvelle à t'écrire ;
mais reçoy-là comme venant
d'une femme , & non pas de
Mahmut. Il ne m'arrive gue-
re de donner pour aſſuré ce
qui a toutes les apparences
de n'eſtre pas veritable , celle
que je te vais dire, te paroiſtra
ſans doute ridicule.

Les femmes font courir le
bruit aujourd'huy que le
Dauphin a des dents, & que
les Nourices n'en peuvent
ſauver leurs mamelles, ceux
qui croyent facilement les

bruits qui courent, publient cecy, comme une chose tres-certaine ; le peuple qui ajoûte foy aux choses les plus incroyables, fait là-dessus de beaux contes, & en pretend tirer de grands augures.

Mais comme il n'y a point de Loy qui nous oblige tout deux d'ajoûter foy à ce que nous ne trouvons pas croyable, non plus qu'à ne pas croire ce qu'il nous plaist de croire, reçoy ces avis comme il te plaira, & regarde-le comme un article inutile de ma Lettre, & m'excuse.

On donne au Roy le nom de Saint, qu'on ajoûte à celuy qu'on luy a donné de Juste, à cause de la grande pieté qu'il vient de faire voir, en

Z iij

voüant son fils avant mê-
me qu'il fust né à la Vierge,
que les Chrestiens disent
estre la Mere de leur Messie,
avec tout son Royaume, ses
Peuples & sa personne qu'il a
mise sous la protection de la
Mere de son Dieu, ce qu'il
a fait paroistre par des Prieres, des Processions, & des
Aumônes extraordinaires.

Cette ceremonie est assez
ordinaire à ces Infideles, qui
par une Idolatrie condamna-
ble voüent leurs Villes, &
dédient leurs Temples à des
hommes morts qu'ils appellent
des Saints, & que leur Pontife fait, aprés avoir eu des in-
formations de leur vie, & que
ces Chrestiens aprés reverent
sur leurs Autels, & qu'ils in-

voquent dans leurs befoins.

Je n'ay pas prefentement
d'autre chofe à t'écrire : Que le
grand Dieu te donne toûjours
les graces qui te font neceffaires pour rendre la Juftice, &
conduire ta vie.

A Paris le 16. de la neuviéme
Lune de l'an 1638.

Z iij

LETTRE XXIX.

AV

CAPITAN
Baſſa.

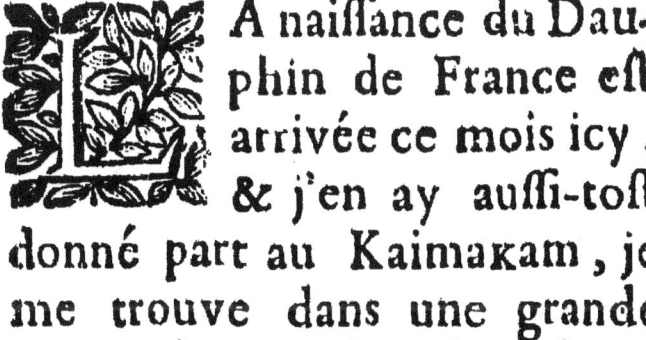 A naiſſance du Dauphin de France eſt arrivée ce mois icy, & j'en ay auſſi-toſt donné part au Kaimakam, je me trouve dans une grande Ville où l'on fait des feſtes

continuelles , pour montrer
l'amour qu'on a pour le Roy ,
pour la Reine , pour le Prince
né , & pour l'Eſtat.

La joye ſe répand également ,
les plus miſerables à qui la
fortune n'a donné en partage
que des ſujets de larmes , y
ſont ſenſibles , & ſe divertiſſent
comme les autres.

Les femmes font plus de
réjoüiſſances , & il ſemble que
cette avanture les regarde particulierement , il n'y en a pas
une qui ne voulut accoucher,
toutes les filles voudroient
déja eſtre meres , & les plus
vieilles ne deſeſperent pas de
pouvoir encore aider à peu-
pler le Royaume.

Il ſemble qu'on veüille icy que
Dieu n'écoute que les prieres

des François, & on croit que
la Reine n'auroit jamais en-
fanté, si le peuple n'estoit Saint;
ainsi tout le monde soûtient
qu'on doit à un miracle du
Ciel, & non pas à la nature,
l'enfant qui vient de naistre;
& pour cette raison on l'a
nommé *Dieu-donné*.

Si cela est ainsi, tu dois convenir que ce Prince sera grand
& fort à redouter, qui a un
Dieu pour pere, & qui doit
heriter d'un grand Royaume.
Il faut dire la verité, jamais
la France n'a eu tant de puissance ni de gloire, je ne te
parleray point des grandes
Armées de terre qu'elle en-
tretient, ni de celles qu'elle
a sur les Mers.

Mais ce qui me paroist de

plus important pour ce grand Eſtat, eſt d'avoir vaincu les Heretiques, & deffait les Rebelles. La naiſſance d'un Succeſſeur augmente de beaucoup ces avantages, & cauſe à ce Royaume un tres-grand bon-heur : J'ay ma part aux feſtes qui ſe font, je ſuis obligé, d'en uſer comme les autres, & il ne me ſerviroit de rien de paroiſtre affligé.

Devant que de te conter un ſanglant combat de Galeres qui s'eſt donné dans les Mers de Gennes, je te parleray d'un autre fait dans celle de Marſeille, qui a eſté une feſte reſſemblante à ces ſpectacles que les anciens Romains donnoient avec tant de pompe & d'éclat, & qu'ils appelloient Naumachies.

Le Gouverneur de Provence qu'on appelle le Comte d'Alais, avoit fait combattre quatre Galeres, deux contre deux, premierement à coups de Canon, & puis de Mousquet, aprés quoy les Officiers estoient enfin venus à l'abordage avec l'épée & la picque à la main, ce qui a esté un funeste presage pour deux Nations qui se cherchent par toutes les Mers, & qui donnent un triste spectacle, par des combats où l'on voit perir un grand nombre de vaillans hommes.

Vingt-cinq Galeres d'Espagne avoient paru aux costes de Provence, où l'on dit qu'elles estoient venuës pour surprendre quelque place maritime, mais le Comte d'Harcour, General des Armées de Levant pour le Roy de France, leur ayant donné chaſſe, il y en eut qui ſe retirerent à la coſte de Gennes, où elles furent attaquées par un pareil nombre de celles de France, qui les avoient toûjours ſuivies depuis qu'elles avoient eſté veuës devant Marſeille.

Ce fut le premier de ce mois que les François & les Eſpagnols combattirent pour la querelle de leurs Souverains. Jamais on ne vit tant de valeur, jamais combat ne fut ſi terrible, & on ne peut concevoir le ſang qui fut répandu; tu le peux deviner aiſé-

ment , toy qui eft grand Capitaine & grand homme de
Mer.

Ces trente Galeres ayant
commencé le combat par leur
Canon & leur Moufqueterie ,
la Mer fut en peu de temps
teinte de fang , & couverte
de corps morts. Chaque Galere en ayant une en tefte, le
combat a efté plus fingulier
& plus obftiné. On dit qu'on
a veu ce fpectacle de deffus
les murailles , & de deffus
les toicts des Maifons de Gennes où tout le peuple eftoit
accouru , & qu'il regardoit
avec la mefme inquietude que
s'il fe fut agi de l'Empire
d'Italie.

La Victoire enfin coûte
beaucoup de fang , les Fran-

çois fe pretendent les vainqueurs, puis qu'ils ont pris fix Galeres fur leurs ennemis, parmi lefquelles eft la patrone Reale d'Efpagne, la Capitane & la patrone de Sicile, avec huit cens prifonniers, n'ayant perdu que trois Galeres qui font demeurées au pouvoir des Efpagnols. La nuit fuivante, s'éleva un vent fi furieux, & la tempefte fut fi grande que la Mer penfa engloutir & les victorieux & les vaincus, les François n'y perdirent que la patrone Reale d'Efpagne, qui s'eftant détachée, fe retira dans un petit Port de la Riviere de Gennes, dont les Habitans d'Arenzano s'eftant rendus

les Maiſtres la rendirent auſſi-
toſt entre les mains des Eſpagnols, dont on dit icy que les
François ne manqueront pas
de ſe vanger.

Je ſuis perſuadé que tout
ce que je t'écris eſt véritable,
parce que je l'ay appris de
perſonnes des-intereſſées , &
qui ſçavent la verité de ce qui
ſe paſſe.

On y ajoûte ſeulement que
les Galeres d'Eſpagne ayant
plus de Chiourme & de Soldats , la Victoire des François en a eſté plus glorieuſe,
& on aſſure qu'il y avoit de
plus que l'armement ordinaire
des Galeres, deux mille hommes de pied qui ſe devoient
débarquer pour aller à Milan.

　　　　　　　　　　　Dieu

Dieu te donne toûjours la Victoire fur tes ennemis, & te faſſe redouter de tout le monde.

A Paris le 24. de la neuviéme Lune de l'an 1638.

Aa

LETTRE XXX.

AU

CAPITAN
Baſſa.

 N éleve ſi fort ici les ſuccés que l'on a, & ceux des Alliez de la Couronne de France, que je ne ſçay que croire tant ces exagerations ſont contr la gloire des Oſmans. Aprés t'avoir donné avis du combat des Galeres de France

& d'Efpagne, je te parleray
prefentement de l'avantage
qu'on dit que viennent d'avoir
celles de Malthe.

On affure que cet Efcadre a
défait un forr grand Gallion du
Baffa de Tripoli, chargé de
quantité de riches Marchan-
difes : nous fçavons bien que
ce Vaiffeau & ce qu'il contient, eft de quelque prix ;
mais non pas fi grand que le
publient ces Infideles. Ils difent outre cela que vers les
coftes du Royaume de Naples,
du cofté de la Calabre, elle a
pris deux gros Vaiffeaux &
une Polaque, le tout com-
mandé par Bicoce, Admiral
de Tripoli, qui eft un Rene-
gat de Marfeille, ils difent
qu'il y a eu deux cens Turcs

Aa ij

tuez , trois cens cinquante de
prifonniers & que cinquante
Efclaves Chreftiens ont efté
mis en liberté. Si ce qu'ils content eft vray , il y avoit encore
fur ces Baftimens une grande
quantité de Canons de fonte.
Le General de ces Galeres y
a fait , difent - ils , tout ce
qu'on peut attendre d'un vaillant homme , quoy qu'il eût
la goute, & ce que je ne puis
croire, il ne s'y eft perdu que
huit Chevaliers.

Toy qui fçais la verité de
cette avanture punis un fi
grand menfonge. Il eft vray
que les Matelots ont pris les
Vaiffeaux dont eft queftion ;
mais il n'eft pas vray que l'a-
vantage ait efté auffi grand
qu'ils le racontent , puis qu'il

n'y avoit point de Canon de
fonte, qu'il y a eu tres-peu de
Chrestiens délivrez, & qu'ils
ont perdu beaucoup plus qu'ils
n'avoïent.

Tu as de la valeur, ta charge
te fais commander à la Mer;
ôte une fois du monde ce petit
nombre de Pirates obstinez,
qui ne respirent que par la
bonté d'Amurat, dont la
clemence empesche la destruction.

*A Paris le 4. de la dixième
Lune de l'an 1638.*

Extrait du Privilege du Roy.

PAR Grace & Privilege du Roy donné à Versailles le 19. jour de Novembre l'An de Grace mil six cens quatre
vingt-trois, Signé par le Roy en son
Conseil, DALENCE'. Il est permis au
Sieur JEAN-PAUL MARANA, de faire
imprimer un Livre intitulé *L'ESPION
TURC, en deux Langues , Italienne &
Françoise , traduit de l'Arabe*, pendant
le temps de six années consecutives, à
compter du jour qu'il aura esté achevé d'imprimer pour la premiere fois ; & défenses
sont faites à tous Imprimeurs , Libraires,
& autres , d'imprimer , vendre & debiter
led. Livre, sous quelque pretexte que ce soit,
sans le consentement dudit Sieur MARANA,
sur peine d'amende arbitraire , confiscation
des Exemplaires contrefaits , & de tous dépens , dommages & interests , comme il est
plus amplement porté par lesdites Lettres de
Privilege.

*Registré sur le Livre de la Communauté
des Marchands Libraires & Imprimeurs de
Paris , le 29. Novembre 1683.*
Signé C. ANGOT, Syndic.

Achevé d'imprimer pour la premiere fois,
le premier Février 1684.

www.ingramcontent.com/pod-product-compliance
Lightning Source LLC
Chambersburg PA
CBHW050151030726
47505CB00005B/1321